評定所留役 秘録 5

鷹は死な

牧 秀彦

時代小説

二見時代小説文庫

評定所留役《とめやく》秘録5——鷹は死なず

目次

序章　わらわの旦那さま

一

文化《ぶんか》七年（一八一〇）の春、神田川《かんだがわ》を渡った先の高台に屋敷を構える結城《ゆうき》家の庭に、もみじの木が一本増えた。

苗木を買ったわけではない。今は当主となっている長男が生まれた年に植えられたのとほぼ同じ、一丈（約三・〇三メートル）近くにまで育ったのを、わざわざ運んできたのである。

支払いを請け合った先代当主の峰太郎《みねたろう》曰《いわ》く、

『可愛い娘が一人増えたんだ。少々の物入りは仕方ないさね』

とのことである。

季節が巡って秋も深まり、紅葉《こうよう》は今が盛り。

新たなもみじの下にたたずむ女人は、その紅い葉に劣らず美しい。

昼下がりの木洩れ日に煌《きら》めく黒髪は丸髷《まるまげ》。大きな目は吊りぎみで、美形にして気丈な雰囲気ながら癇《かん》の強さを感じさせる一方、左目の下の泣きぼくろが艶《つや》っぽい。

見たところ、二十代も半《なか》ばを過ぎていた。

娘と呼ぶには薹《とう》が立つものの、成熟ぶりが目覚ましい年頃である。

この女人も身の丈《たけ》こそ並より低いが腰高の、小股が切れ上がった体つき。着衣越しにも腰回りの豊かさと、胸乳《むなぢ》の張りが見て取れる。

その装いは、刺子《さしこ》の筒袖《つつそで》と綿袴《めんばかま》。袴の下には角帯《かくおび》を締めている。

男装、それも剣術の稽古用の装いだった。

左手には、使い込まれた木刀を二振り提げている。

女だてらに武芸好みらしいが、それにしても妙だった。

素振《すぶ》りならば、もちろん一振りだけで事足りる。たとえ二刀流の遣《つか》い手でも、右手には刃長《はちょう》に当たる部分が定寸《じょうすん》の刀に近い中太刀《ちゅうだち》、左手には脇差《わきざし》並みの小太刀《こだち》と異なる長さにするはずだ。

「旦那さまぁ……わらわはもう、待ちきれへん……」

甘い声でつぶやくと、木刀の一振りを左腰に差す。

着こなしと同様に、刀の帯び方も慣れたもの。

帯前から左の後ろ腰に抜けた木刀の切っ先、鞘《さや》に納めた本身ならば鐺《こじり》に当たる部分が垂れ下がった、いわゆる落とし差しの状態にならぬように、刀身全体の角度を調整するのを忘れない。

きっちり閂《かんぬき》差《ざ》しにした上で、女人はいま一振りの木刀を構えた。

両の足を平行にせず、後ろにした左足の爪先が斜め前を向くのは後《のち》の世の剣道とは似て非なる、剣術に独特の足捌《さば》きである。

上段の構えの振りかぶりも、切っ先が下がりすぎない程度にとどめていた。

慣れた様子で構えを取るや、女人は木刀を振り下ろす。

木洩れ日を裂いて走る音は、短くも鋭い響き。

本身の如く刀身に樋《ひ》が搔かれていない木刀を振るっても、これほどの刃音《はおと》は容易に出せぬものである。柄《つか》を握った手の内《うち》を的確に締め、刃筋《はすじ》と称する角度をぶれさせることなく打ち振るえばこそ可能なことだ。

凡百《ぼんぴゃく》の男は及びもつかぬ手の内の冴えを示し、女人は溌剌《はつらつ》と素振りを続ける。

口はほとんど開かず、鼻で息を継《つ》いでいる。

呼吸が大きいと体に余計な力が入り、実際に相手と立ち合った際に次の動作を読まれてしまうため、日頃から息継ぎを最小限にとどめる癖をつけておくのだ。

しかし生身《なまみ》である以上、ずっと口を閉じたままではいられない。

僅《わず》かに開いた唇の間から、黒く染められた歯がちらりと覗く。

並びの良い歯に差していたのは鉄漿《かね》。人妻であることを示すと同時に、出産を経て脆《もろ》くなった歯を保護するためのものだが、まだ眉を剃らずにいるため、子を産んではいないと分かる。

結城家に嫁《とつ》いで半年を迎えた、新妻の名は秋乃《あきの》。

夫となった新之助《しんのすけ》とは、図らずも同い年だった。

二

幕府の評 定所《ひょうじょうしょ》は千代田《ちよだ》の御城の大手御門外、龍ノ口《たつのくち》に設けられている。
後《のち》の世の最高裁判所に相当する評定所では、町奉行や目付が有罪と判じて送検した咎人《とがにん》に最後の裁きを下す一方、八代将軍の吉宗《よしむね》公のお声がかりで門前に置かれた目安《めやす》箱《ばこ》を通じて広く庶民の声を集め、民事の訴訟も随時受け付ける。

この評定所で新之助が務める役目は留役《とめやく》。

正式には留役勘定《かんじょう》と称される、勘定奉行の配下から選ばれた旗本たちである。

留役の定員は本役《ほんやく》十名、助役《すけやく》が五名。

当年二十七歳になる新之助は二十歳から出仕《しゅっし》し始めて三年で見習いの助役から本役に昇格し、今や留役衆の中でも欠かせぬ存在となっていた。

今日も朝一番で出仕した新之助は、詰所の文机《ふづくえ》に山と積まれた判例と格闘中。

評定所の敷地内《うち》に設けられた蔵から次々に運ばせては抜き書きし、あるいは付箋《ふせん》を貼っていくのに余念がない。

反故《ほご》を裂いた付箋に薄く米糊《そくい》を塗り、貼り付ける手つきは澱《よど》みない。

爪がきれいに切り揃えられた指の動きは巧みであり、油断すると破けがちな付箋を一枚とて貼り損なうことなく、古い書類を矢継ぎ早に捌《さば》いていく。

凜《りん》とした瞳に鼻筋の通った、役者も顔負けの端整な顔立ち。

出仕用の装いである熨斗目《のしめ》の着物に肩衣《かたぎぬ》を着け、半袴《はんばかま》を穿《は》いている。

体つきは細身ながら、華奢《きゃしゃ》な感じはしなかった。

書類の綴りを捌く手は、左手にだけ胼胝《たこ》が見て取れる。

美男らしからぬ年季の入った胼胝は長きに亘《わた》って木刀を、いわゆる右勝《まさ》りに陥《おちい》って刃筋がぶれることのないように心掛けながら振るってきたことの証《あか》しである。

背筋を伸ばして座った姿には力《りき》みがなく、肩にも余計な力が入っていない。剣術の修行を通じて自然な呼吸が身に付いていればこそだった。

山と積まれた古い書類の綴りが、見る間に減っていく。

最後の書類から抜き書きを終えた新之助は、安堵の面持ち。

集中するのに長《た》けていても、こういうときは自ずと気が抜ける。

「結城、帰りに一献《いっこん》付き合わぬか？」

そこに声をかけてきたのは、年嵩《としかさ》の朋輩《ほうばい》である波野参吾《なみのさんご》。

見れば愛用の煙草《たばこ》入れを手にしている。常の如く御用を怠け、また一服《いっぷく》するつもりであるらしい。

「お気遣い、かたじけない。申し訳ござらぬがご遠慮させてくだされ」

新之助は生真面目《きまじめ》に答えながらも、参吾には目を向けない。

早々に集中を取り戻し、目の前の作業に没頭していたのだ。

抜き書きした内容を慎重に見直す傍《かたわ》らでは、新之助付きの書役《かきやく》である川崎八郎《かわさきはちろう》が膝を揃え、作業が終わるのを神妙な面持ちで待っている。

これでは食い下がろうにも、具合が悪い。

「左様か。邪魔したな」

参吾は気まずそうに告げるや、そそくさと新之助から離れていった。

足を向けた先は詰所の次の間《ま》。中には火鉢と煙草盆が備え付けられ、御用の合間の一服に用いられる。

「結城め、堅物《かたぶつ》なところだけは相変わらずだな……」

ぼやきながら参吾が襖《ふすま》を開くと、先客の潮田陸三《うしおだりくぞう》と津山勘七《つやまかんしち》が仲良く紫煙をくゆらせていた。

「無駄足だったか」

「やっぱりですか。だから無駄だと申しましたのに」

「やかましい。次こそ結城を付き合わせ、おぬしらの分まで勘定を持たせてやるから待っておれ」

忌々《いまいま》しげに言い返しつつ、参吾は煙草入れの叺《かます》を開く。

底に残った煙草を余さず浚《さら》い、かろうじて煙管《きせる》の火皿を満たす。新之助を再三呑みに誘うのは、小遣いが足りていないせいでもあるらしい。

「何を見ておる。俺の顔に何ぞ付いているのか？」

「いえ、いえ。常の如く凜々《りり》しゅうございますよ」

参吾にじろりと睨まれ、勘七はとぼけた顔で横を向く。

この三人組で一番年下の勘七は、言葉遣いだけは常に丁寧。一方の陸三は助役の頃から参吾と席を同じくしており、寡黙ながらも手厳しい。

「そのうち馬に蹴られるぞ、波野」

「何が言いたいのだ、潮田」

ぼそりと告げた陸三を、参吾がじろりと見返す。

「結城の夫婦仲は、おぬしと違う」

構うことなく、陸三は続けて言った。

「潮田さんの言うとおりですよ、波野さん」

言葉数の少ない陸三を補うように、勘七がしゃしゃり出た。

「私は結城どのとは屋敷が近い故、日頃から目にしておりますがそれはもう、仲睦《なかむつ》まじい限りなのです」

「ふん、馬鹿を申すな。あの堅物が左様な姿を、人目に晒《さら》すはずがあるものか」

「馬鹿はおぬしだ」

鼻で笑った参吾にすかさず陸三が告げる。

「まったくですよ。結城どのと奥方の馴《な》れ初《そ》めをご存じでしたら、自ずと察しの付くことでございましょうに」

勘七も尻馬に乗るかの如く言い添えた。

「そのことならば知っておる。女だてらに都《みやこ》で恐れられておった剣術遣いを見事に負かし、嫁に迎えたのであろう」

「その立ち合いぶりが、今も仲睦まじいのです」

「今も、だと？」

「はい。毎日お屋敷の庭で励んでおられまする」

「夫婦して木刀を交えておるということか」

「左様にございまする」

「偽りを申すでない。いつも朝一番で出仕しておる結城に左様な暇があるものか」

「なればこそ、欠かさず定刻にお帰りなのです。夕餉《ゆうげ》前のひとときにご夫婦で仲良く木刀を交えなさるという寸法で。近所では皆、微笑《ほほえ》ましゅう見守っておりますよ」

「馬鹿馬鹿しい……」

参吾は不快そうに紫煙を吐き出した。

「左様なことを毎日しておって、どこが仲睦まじゅう見えるのだ？　木刀など交える

前に色々と、することがあるだろうが」

「そう言うおぬしはどうなのだ、波野」

黙っていた陸三が口を開いた。

「いつも酔うて帰ってくる故サッパリだと、奥方がうちの愚妻にぼやいておるぞ」

「や、やかましいわ」

「俺も偉そうには申せぬが……少しは励め」

思わずたじろぐ参吾にそう告げると、陸三は勘七に向き直った。

「今日は寄り道せずに帰るといたそう」

「心得ました」

陸三と勘七は頷き合うと腰を上げた。

「そうと決まれば、早々に持ち場に戻るとしましょう。放っておいても訴訟人どもは引き揚げてくれませんからね」

「うむ。難儀なれども御用なれば、相手をいたさねばなるまいよ」

淡々と答え、陸三は勘七の先に立つ。

共に煙管は灰を落とし、煙草入れの筒に収めてある。

次の間《ま》を後にして二人が向かったのは、廊下を渡った先の訴所《うつたえどころ》。

民事の訴えを持ち込む者たちで終日ごった返す、留役衆にとって最も手間のかかる持ち場であった。

「ちっ、どいつもこいつも冷たいのう」

次の間に取り残された参吾は苛立《いらだ》たしげに、煙草盆を引き寄せる。

しかし、手許の叺はすでに空《から》。

誰かにたかろうにも、陸三と勘七以外の留役衆は喫煙を好まない。煙草盆は客商売向けのものとは違うため、備えもされてはいなかった。

「冷たいのう……」

すっかり熱の冷めた火皿をいじりつつ、独り寂しく煙管をくわえる参吾だった。

三

年嵩の朋輩がぼやいているのを知る由もなく、新之助は引き続き勤《いそ》しんでいた。

判例の確認はすでに終え、担当中の吟味に関して組頭の浜口市兵衛《はまぐちいちべえ》に提出する意見書をしたためるのに、今は集中している。

筆の運びは書類を検《あらた》めるときと同様に、丁寧ながら迅速そのもの。

「結城め、更に男ぶりが上がったな」

集中する姿を横目に、隣の席の芦沢軍次郎《あしざわぐんじろう》がつぶやく。

「ふっ、おぬしもそう見たか」

すかさず応じたのは三年前、軍次郎と同じ文化四年（一八〇七）に配属された山岡《やまおか》範五郎《はんごろう》。

評定所勤めは参吾と陸三のほうが先輩だが、勘定奉行が兼任した関東郡代《かんとうぐんだい》の補佐役である郡代留役あがりの軍次郎はもとより、範五郎も法務の経験は豊富。御用を怠けがちな二人を早々に追い抜き、一同が寄せる信頼も篤《あつ》い存在となっていた。

「男は万事おなご次第と申すは、まことらしいな」

「されば、我らも女房どのに恵まれたか？」

再びつぶやく軍次郎に、範五郎がにやりと笑う。

「左様……そういうことにしておくか」

「左様、左様。何事も善きほうに考えるが勝ちぞ」

苦笑を交わしながらも、軍次郎と範五郎は手を休めていない。

すでに参吾も次の間を離れ、訴所に戻った陸三と勘七の応援に廻っていた。

「皆、ようやっておるの」

上座から配下たちの働きぶりを見守りつつ、市兵衛は微笑み交じりにつぶやいた。

当年取って五十六歳の市兵衛は、三人を定員とする留役組頭《くみがしら》の中でも最年長。総員を統率する、筆頭の任も兼ねている。

新之助の父親で今は楽隠居の峰太郎とは文字どおり同じ釜の飯を食い、苦労を共にしてきた仲だが、かつて『鷹《たか》』と異名《いみょう》を取った切れ者の峰太郎に対し、市兵衛は若い頃から仲間内で目立たぬ存在。

本役に取り立てられたのも、組頭となったのも一番遅く、これより先の昇格も望めそうになかったが、配下たちの信頼は篤い。これまで幾度も危機を乗り越え、難しい事件を解決してきた留役衆の結束の固さは市兵衛の存在があってのことと、先に出世した勘定方のお歴々も認めるところだった。

そんな市兵衛には、配下全員の長所と短所が見えている。自身が抜きん出た存在でなかったが故に偏《かたよ》らず、公平に判ずることができるのだ。

軍次郎と範五郎を恃《たの》みとする一方、怠け癖のある参吾らも適当にあしらうことなく御用を任せていた。

父譲りの才を持つ新之助にも、更なる成長を促すことを忘れてはいない。

「御組頭さま」

その新之助が上座に意見書を携《たずさ》えてきた。

常の如く、入念に見直しをした上のことである。

丁寧にして迅速な作業を、すでに市兵衛は上座から確認していた。

「お目通しを願い上げまする」

新之助は一礼し、携えてきた意見書を差し出す。

「大儀。しばし待て」

新之助の労をねぎらうと、市兵衛はすぐさま意見書に目を通した。

「……これにて大事《だいじ》あるまい。お奉行に提出する故、清書をさせよ」

長くは待たせず、市兵衛は指示を与える。

「ははっ」

新之助は重ねて一礼し、自分の席に戻っていく。

八郎は呼ばれるまでもなく、新之助の席に向かっている。他の書類の清書をこなしながら、上座での市兵衛と新之助のやり取りに目を配っていたのだ。

「相も変わらず目端《めはし》が利《き》くのう」

感心した様子でつぶやく市兵衛は、下役《したやく》の存在も忘れてはいない。

留役の御用は、二十名の書役と十名の書物方によって支えられている。咎人を吟味する際の調書《しらべがき》の作成も、膨大な判例をくまなく調べ上げることも、彼らの手を借りなくては為し得ない。

中でも八郎は能筆《のうひつ》にして頭の巡りも速く、書役の中でも際立った働きをしてくれている。日本橋《にほんばし》の呉服問屋から御家人に養子入りした、いわゆる成り上がりではあるものの、新之助に次いで将来が嘱望される若者であった。

四

結城家の庭から聞こえる音は、規則正しく続いていた。

素振りに熱中している秋乃をよそに、屋敷の木戸門が押し開かれた。

砂を詰めた徳利《とつくり》をぶら下げ、開いた後は自ずと重みで閉まる、いわゆる徳利門番の造りである。

「ただいま戻りました、姉上！」

門を潜《くぐ》るなり駆け寄ってきたのは、二十歳そこそこの若い男。

大柄な若者だった。

上背は、秋乃より一尺五寸（約四五センチ）は高い。

定寸の脇差の刃長ほども背丈の違う、文字どおりの六尺豊かな巨漢であった。

それでいて顔つきは子どもっぽく、垂れ目が何とも人懐っこい。

童顔に満面の笑みを浮かべた男が帯で縛って担いでいたのは、汗にまみれた刺子の道着と木綿の袴。空いた手で提げ持つ蟇肌竹刀《ひきはだしない》は、将軍家の御流儀《おりゅうぎ》でもある新陰流《しんかげりゅう》に独特の打物《うちもの》だ。

「何どすえ、騒々しいなぁ」

木刀を振り下ろしかけた手を止めて、秋乃は若者を睨みつけた。

形の良い額から顎に、汗がしとどに伝い落ちていく。

化粧を薄くしていた顔は、汗に塗《まみ》れても変わらない。

生まれ育った京の都に独特の、表情が分からなくなるほど白粉《おしろい》を厚く重ねるやり方よりも、江戸風のあっさりした薄化粧のほうが秋乃には合っているのだ。

「ははは、今日も可愛らしいでおじゃるな」

「あほ。べんちゃら言うても何も出えへんで」

「よろしいがな。わてが勝手に言うとるだけですよってに」

帰ってくるなり叱られたのを意に介さず、若者は白い歯を見せる。

屈託のない、甘えたような笑顔である。

身の丈が高いばかりではなく、体つきも際立って逞しい。

筒袖から覗いた腕は太く、野袴を纏《まと》った下肢も鍛え込まれている。

これで顔つきまで厳《いかめ》しければ金剛力士といったところだが、微笑む顔は博多《はかた》人形のように愛くるしい。

「小次郎《こじろう》はんはご一緒やなかったんか」

ムッとした表情を崩すことなく、秋乃は続けて問いかけた。

「まだ稽古場ですわ。若先生から居残りを仰《おお》せつかりはって」

「それでのこのこ先に帰ってきたんか」

さらりと答えた若者を、秋乃は呆れた様子で見やる。

「お前は小次郎はんとの勝負に負けて、弟 弟子《おとうとでし》にさせてもろた身や。そないなときは進んで居残り、お稽古の見取りをさせてもらわなあかんやろ」

「もちろんそのつもりでおましたけど、大《おお》先生に追い出されましてん」

気分を害した素振《そぶ》りも見せず、若者は微笑んだまま言葉を続けた。

「わてだけやのうて、他のお弟子衆もです」

「どういうことや」

「仮にも『無刀取《むとうど》り』伝授の儀なれば、おいそれとは見せられぬとの仰《おお》せでしたわ」

「そういうことやったんか。新陰流の奥義《おうぎ》をなぁ……」

秋乃は感心した様子でつぶやいた。

相当に武芸の心得がなければ、すぐには理解できぬことである。

若者が言う『無刀取り』とは戦国乱世の兵法者《へいほうしゃ》で、新陰流の開祖にして剣聖《けんせい》と讃えられた上泉伊勢守信綱《かみいずみいせのかみのぶつな》が編み出したと伝わる一手の技名《わざな》。文字どおり丸腰で相対して瞬時に刀を奪い取り、相手を生かすも殺すも意のままとのことだが、実態を知る者は限られていた。

「晴れがましげなお顔やなぁ、姉上」

「当たり前やろ。お前は嬉《うれ》しないの」

「そないなことありますかいな」

「隠してもあかん。同い年で免許皆伝《めんきよかいでん》にならはった小次郎はんが羨ましいて、その顔に書いてあるがな」

「さすが姉上。お見通しですかいな」

「思い上がったらあかんえ。お前《ま》はんは幾ら腕が立とうが、まだ柳生《やぎゆう》さまへの入門を許されて間もない身や。小次郎はんには相変わらず、手も足も出ないんやろ」

「見くびりすぎですがな。三本に一本ぐらいは取れてますう」

「あほ。それは兄弟子《でし》の恩情ちゅうもんや」

「ほな、わてはずっと小次郎はんに手心《てごころ》を加えてもろてたんですか？」

「そないなこと、見んでも分かるわ。技量の差ぁは、急に縮まるもんやあらへんよ」

「かなんなぁ」

柔和な京言葉での手厳しい物言いに、若者は苦笑しながら頭を掻いた。

月代《さかやき》を剃らずに伸ばした髪をきれいに撫で付け、頭の後ろで公家《くげ》風に結ってある。

「姉上は別嬪《べっぴん》さんなのに、口が悪いんが昔から玉に瑕《きず》や」

「誰が別嬪や。あほ」

腹立ち紛《まぎ》れと思《おぼ》しき若者の一言に、秋乃は毒づく。

「またしょうもないべんちゃらを……。褒《ほ》めるんなら春香《はるか》はんだけにしとき」

「そこはそれ、居候《いそうろう》に抜かりはおまへん」

若者は如才《じょさい》なく言ってのけた。

「春香の義姉《ねえ》さまにはもちろんでっけど、おつるはんにもお愛想は欠かしとりませんよってに。水汲みも毎朝させてもろとります」

「ほんまかいな？　ちいとも気づかんかった」

「へへへ。さすがのわても郷《ごう》に入っては郷に従え、いうのんを覚えましたわ」

「心得とるんならよろしいがな。これからもあんじょう頼むで」

「もちろんですわ」

愛想よく答えると、若者は秋乃に向かって告げた。

「姉上、いえ奥さまも、もそっと愛想をよくなさったほうがよろしいでっせ」

「何やの、わらわが無愛想とでも言いたいんか」

「お察しなら直したほうがよろしおま。義兄《にい》さんも、そのほうが喜びはるし」

「あほ。弟の分際で生意気言うて」

図星を指されてしまった秋乃は、叱りながらも苦笑い。

五歳違いの虎麻呂《とらまろ》ともども半年前に江戸へ下《くだ》って早々、新之助に嫁ぐ次第となったのは、思いもよらぬ経緯《いきさつ》があってのことだった。

第一章　じゃじゃ馬始末記

一

結城家の禄高は百五十俵である。

将軍家直属の家臣たる直参《じきさん》旗本の中では軽輩ながら先々代、すなわち峰太郎の亡き父親の代まで奥州《おうしゅう》白河《しらかわ》十一万石の領内の片隅で細々と、半士半農の暮らしをしていた郷士《ごうし》の一族にとっては望外の出世だった。

家中では末端ながら先祖を辿れば由緒正しい結城家を含む、複数の家臣たちを直参旗本に取り立てたのは白河十一万石の当主にして、老中首座と将軍補佐を兼ねた松《まつ》平《だいら》越中《えつちゅう》守《のかみ》定信《さだのぶ》。

御三卿《ごさんきょう》の田安《たやす》家から白河の久松《ひさまつ》松平家に養子入りした定信の実の祖父であり、紀《き》

州《しゅう》徳川《とくがわ》家から八代将軍に選ばれた吉宗《よしむね》公の故事に倣《なら》い、江戸における足場を固めるための措置であった。

その定信は幕閣での地位を失い、一大名の立場に戻されて久しいが、結城家は旗本の身分を安堵《あんど》され、同時に取り立てられた家々もそれぞれの役職に勤《いそ》しんで、将軍家の禄《ろく》を食《は》んでいる。

「これも棚《たな》ぼた言うんですやろか、姉上」

「何のことやの」

「越中守さまのお取り立てで、徳川の直臣《じきしん》にならはった人らのことですがな」

「あほ、そもそも結城のお家がそやろが」

「もちろん分かっとりま」

「せやったら失礼なこと言わんとき。何の努力もせんと手に入るほど、お旗本の身分は安いもんやあらへんよ」

「さすがやなぁ。奥方さまともならはると、言うことがいちいち違いますわ」

「あほ」

姉弟は縁側に仲良く並んで座り、秋乃が淹《い》れた茶を飲みながらくつろいでいた。

屋敷内では掃除も洗濯も済み、夕餉《ゆうげ》の支度を始めるにはまだ間がある時分。新之助

の妹で結城家の長女に当たる春香はもとより、住み込みの下女のおつるも小休止している頃合いだった。

常の如く朝から出仕した新之助はもちろん、小次郎もまだ戻ってはいない。

峰太郎はおつるの亭主で下男の松三《まつぞう》を伴い、朝から釣りに出かけていた。

「お義父《とう》はん、そろそろお帰りと違いますか」

「何やの、その言い方。お前はただの居候やないか」

「もちろん分《ぶん》はわきまえてますがな。こちらのお屋敷でお世話になっとる間は、そう呼ぶようにって言われてますねん」

「せやったんか。義父上《ちちうえ》らしい仰《おっしゃ》りようやな」

「ほんま、器の大きいお人ですわ」

秋乃が縁付く以前の結城家では二代目の峰太郎が隠居した後、当主となった新之助は三十に近くなりながらも嫁取りを一向に焦ることなく、日々の御用に勤しむばかりだったという。

そんな新之助を峰太郎は急《せ》かすことなく、剣術修行に熱中する次男坊の小次郎ともども、好きにさせていたのである。

「お義父はんが世間並みの父親《てておや》やったら新之助はん……義兄《にい》さんはとっくに嫁はんを

迎えてはったことですやろな」

「こら、嫌なこと言わんとき」

「間に合うてよろしおましたなぁ、姉上」

「お前はほんまにいけずやな」

「ははは、終わり良ければ総《すべ》て良しですがな」

悪びれることなく笑う虎麻呂に、秋乃は思わず苦笑い。

たしかに言われたとおりである。

新之助は本来ならば、疾《と》うに嫁を迎えていて当然の身。

知り合うまで独り身で居てくれたおかげで、秋乃は居場所が得られたのだ。

「何事もあのお方のおかげや」

照れ臭げに微笑みつつ、秋乃は言った。

この姉弟を江戸に連れてきたのは、鷹司輔平《たかつかさすけひら》。

大物の公家でありながら幕府と朝廷が対立した尊号一件《そんごういつけん》で定信を助け、その後も友として親しく付き合ってきた人物である。

宝暦《ほうれき》六年（一七五六）に若くして内大臣に任じられ、関白《かんぱく》にまで出世を遂げた輔平も寛政《かんせい》九年（一七九七）に出家し、心空院《しんくういん》と号する身。七十五歳となった現在も矍《かく》

鑠《しゃく》としており、江戸への長旅を苦にすることもなかった。

その旅に同行させられたのが、秋乃と虎麻呂。

傍目《はため》には高名な公家の一行と分からぬように素性を隠し、秋乃は弟と揃いの男装をした上で豊かな胸にきっちりさらしを巻いた、気の抜けぬ道中であった。

都《みやこ》で生まれ育った姉弟にとって、赴く江戸は何の魅力もない町だった。

本来ならばご免こうむりたいところだったが、恩人のお供とあれば是非もない。

姉弟揃って御所勤めをしくじり、実家からも見放されて行き場をなくし、路頭に迷いかけたのを輔平に拾われて、側近《そば》くに仕えさせてもらったおかげで二人は生き長らえたのである。その大恩人が望んだことには何であれ、黙して従うのみであった。

「あっちこっち寄り道しはるし、難儀な道中でしたなぁ。挙句《あげく》の果てにあの始末ですやろ。ほんま往生《おうじょう》しましたわ」

「ほんまやなぁ……こら、何言わすねん」

虎麻呂のぼやきに思わず釣られ、秋乃は声を荒らげた。

「ははは、図星やないですか」

「やかましわ」

動じず微笑む弟に、姉らしく釘を刺す。

「そら、太閤《たいこう》さま……心空院さまのお気まぐれはたしかに困ったもんやけど、わらわたちにとっては大恩人や。悪う言うたら罰《ばち》当たるわ」

「すんまへん」

「料簡《りようけん》したなら、それでええ」

素直に詫びた虎麻呂に、秋乃は微笑む。

「ま、お前の気持ちもよう分かるけどな」

「そうですやろ？」

「ほんま、あんときは参ったわ……」

吊り目を細め、甘い笑みと共に始めた思い出話は、江戸の土を踏むなり輔平と共に招かれた、白河十一万石の上屋敷での一部始終であった。

二

老中首座を解任された定信は他の大名たちと同じく二年一勤、すなわち一年ごとに国許《くにもと》と江戸を行き来する、参勤交代《さんきんこうたい》を課せられる立場に戻って久しい。

それが今年の春以来、八丁堀《はっちょうぼり》の上屋敷で暮らしているのは、久方ぶりに幕府の役

目を仰せつかったが故のこと。子細までは分からぬが、かねてより日《ひ》の本《もと》の近海を跳《ちょう》梁《りょう》している異国の船を警戒し、江戸湾の防備を固める御用であるらしい。ともあれ公儀の役職は江戸常勤のため、定信は任を全《まっと》うするまで奥州白河の地には戻れない。

その労をねぎらいたいと輔平は遠路を厭《いと》わず、江戸に下ってきたのである。

側仕えの姉弟は何事も、黙して主命に従うのみ。

しかし静謐《せいひつ》な屋敷の客間に通されて早々、旅装もそのままのあるじから命じられた
ことには、さすがの秋乃も仰天《ぎょうてん》させられた。

「御前試合にございまするか、太閤さま⁉」

都を離れる前に定信と文を取り交わし、約束していたことだという。

寝耳に水の話とあっては、いつも冷静な秋乃が啞然とさせられたのも無理はない。

「こら、儂《わし》はただの坊主やで。太閤言うたらあかんて何遍《なんべん》言うたら分かんのや」

秋乃を叱った輔平は、頭をつるりと撫で上げる。

姉弟揃って寺侍《てらざむらい》の形《なり》をしている秋乃と虎麻呂に対し、こちらは旅の僧の装い。

首から提げた頭陀袋《ずだぶくろ》はもとより袈裟《けさ》も旅の埃《ほこり》に塗《まみ》れていたが、剃り上げた頭だけは
道中でも手入れを欠かさず、虎麻呂に毎朝剃らせていた。

「えろうすんまへん」

僧形のあるじに慌てて詫びはしたものの、秋乃は解《げ》せぬ面持ちだった。

「その顔もあかんて日頃から言うてるやろ。そないしかめっ面《つら》しとったら、せっかくの別嬪《べっぴん》さんが台無しやがな」

気が進まぬ様子の秋乃を前にして、輔平は苦笑交じりに言ったものだ。

「試合いうても正式なもんやあらへん。武芸好みの越中守はんにお前《ま》はんらの腕前を披露してもろて、無沙汰《ぶさた》の挨拶代わりにするだけやがな」

「お話はよう分かりました。で、お相手は誰でおじゃりますの」

憮然と横を向いた秋乃をよそに、虎麻呂が問う。こちらは突然の申しつけにもかかわらず平然としているばかりか、嬉々とした態度である。

「ははは、虎は話が早うて助かるわ」

上品な顔をほころばせ、輔平は答えた。

「結城小次郎。お前はんと同い年やけど、江戸でそれと知られた新陰流の手練《てだれ》やで」

「お江戸の新陰流いうたら将軍家御流儀の」

「柳生はんの門下では若鷹《わかたか》と評判らしいわ。父親は道場だけやのうて勤め先の評定所でも、鷹と呼ばれとった切れ者やそうや」

「親子揃うて鷹でっか。ごっつおますな」

虎麻呂は感心しながらも、念を押すように輔平に問うた。

「心空院さまのお言葉ですけど、ほんまに手練なんでっか。新陰流の正統は同じ柳生でも尾張《おわり》さまの御指南役が継ぎはったそうですけど」

不遜《ふそん》にして不敵な虎麻呂の言葉を、輔平は咎《とが》めなかった。

「それはそれ、麒麟児《きりんじ》いうのはどこに居《お》るか分からんもんやで」

「手練どころか麒麟児でっか？」

「何しろ江戸柳生の先代はんのお墨付きや。わても会《お》うたことがあるのは一度きりやけど、ええ目をしとったわ」

「よろしおまんな。そない言われたら、ごっつやる気が湧いてきますわ」

「虎麻呂、ええ加減にし」

にやりと笑う弟を叱りつけ、秋乃は輔平に向き直る。

しかめっ面こそ収めたものの、表情はまだ硬い。

あるじに向かって言上《ごんじょう》する口調も、強張《こわば》ったものだった。

「心空院さま……せっかくのお話ですけど、わらわはご遠慮させてください」

「どないしたんや？　虎はやる気になっとるのに」

「自分で言うのも何ですけど、わらわは手加減をようしません。間違いのうお相手に怪我をさせてしまいます」

「お前はん、御所でのことをまだ気に病んどるんか」

輔平の指摘に異を唱えず、秋乃は無言で頭を下げた。

昨年まで御所勤めをしていた秋乃が永《なが》の御暇《おひま》を出されたのは、生来の癇《かん》の強さで他の女官たちと揉めたことだけが理由ではない。

輔平に指摘されたのは虎麻呂と共に幼い頃から修行に励んで身につけた鞍馬流《くらまりゆう》の剣の技量が災いした、ある出来事だった。

「たった一人やおまへんか、姉上」

虎麻呂が心配そうに口を挟んだ。

「わてをご覧なはれ。御命《ぎよめい》で立ち合《お》うただけでもざっと十人。夜道で襲うてきたのを返り討ちにしてやったのんを合わせれば、二十や三十や足りまへん」

「あほ。数をどうこう言うとるんと違うわ」

あるじの前というのを一瞬忘れ、秋乃は弟を怒鳴りつけた。

「向こうから挑まれてのこととはいえ、嫁入り前の別式女《べつしきめ》はんの顔に一生消えへん傷をつけてしもたんや。男はんなら向こう傷は誉《ほま》れになるかもしれへんけど、おなごは

違う……あないなこと、二度とご免や」

訥々《とつとつ》と語る秋乃の口調は、一転して弱々しい。

「そないなことあらしまへん。姉上には無用のもんですけど、都のおなごは厚化粧が身上《しんじょう》でっせ。どのみち白粉《おしろい》で隠しますよってに」

気遣うように虎丸が言い募る。

それでも秋乃の口調は沈んだままだった。

「幾ら化粧をしはっても、心に受けた傷までは隠されへんよ……」

「かなんなぁ」

虎麻呂も悲しげに童顔を歪め、道中で櫛目《くしめ》が乱れたままの頭を掻く。

「二人とも、そのへんにしとき」

頃や良しと見た様子で、輔平が口を開いた。

「立ち合うてもらうんは、もう決まった話や。越中守はんも楽しみにしてはる」

有無を許さぬあるじの言葉に、姉弟は黙って平伏した。

秋乃は頭を下げたまま、静かに唇を嚙み締める。

その耳朶《じだ》を、思わぬ救いの一言が打った。

「秋乃に相手してもらうんはおなごやない。結城の家の長男坊や」

「ご長男いうことは、男はんでっか？」

「当たり前や。幾ら秋乃が男勝りでも、兄《あに》さんとは呼ばへんやろ」

驚く虎麻呂に微笑むと、輔平は秋乃に向き直る。

「名前は結城新之助。お前はんと同い年や」

「結城新之助さま……強そうなお名前だこと……」

つぶやく秋乃は安堵の面持ち。

のみならず、美しい横顔に静かな闘志を燃やしていた。

秋乃は女だてらに刀取る身であることを、何も恥じているわけではない。

そもそも親から強《し》いられたわけではなく、幼い頃には病弱で家督を継ぐのも危ぶまれていた、虎麻呂を励ますために始めたことだった。

自ら望んで入門したからには、中途半端ではいけない。

思い込んだら一途な秋乃は、剣術修行に邁進《まいしん》した。

努力は人を裏切らない。季節を問わず山中で木刀をひたすら振るう、厳しい修行を虎麻呂と共にするうちに、秋乃は凡百の男が及びもつかぬ域に達した。

姉の励ましに能《よ》く応えた弟以上に、天与の才があったのだろう。生まれ持った気の強さが、良い方向に働きもしたのであろう。

経緯はどうあれ、己《おの》が有様《ありさま》を卑下《ひげ》するつもりは毛頭《もうとう》ない。

それでも女たちの中に入れれば、その強さは異端と見なされてしまう。

なまじ容姿に恵まれていたことも、災いの種でしかなかった。

女の嫉妬《しっと》はまことに恐ろしい。どろどろした感情は『源氏物語《げんじものがたり》』を例に挙げるまでもなく、怪異な現象まで引き起こす。

相手が格下と思えば尚のこと、憤りはとどまるところを知らないから質《たち》が悪い。

秋乃が目の敵《かたき》にされたのも、貧乏公家の娘でありながら恵まれた容姿と剣術の才に親類縁者が目を付け、当の秋乃の意向に構うことなく、御所勤めができるように取り計らったが故のこと。

目尻を下げて接してくるのは澄ました顔をしていながら色好みの、もとより太刀も碌《ろく》に遣えぬ公達《きんだち》ばかり。

女官仲間は誰もが反感をむき出しにして、こんな女にいい目を見させてはなるまいと躍起になっていたものだ。

秋乃に挑んで返り討ちにされた別式女も、武芸に生きながら女人の業《ごう》ともいうべき妄執《もうしゅう》から逃れられずにいた一人であった。

やむなく勝負に応じたものの、実力の差は最初から明らかだった。

いたたまれないと思う一方、秋乃は歯がゆさを覚えてもいた。

秋乃の実力は、疾《と》うに女人の域を超えている。

無謀な勝負に及んだ別式女に限らず、同性では相手にならぬのだ。

しかし都の男たちは秋乃に興味津々《しんしん》でありながら、誰も挑んでは来なかった。

世間知らずに見える公達も、頭の中では常に抜かりなく算盤《そろばん》を弾《はじ》いている。

おなごを我が物にする上でも同様だった。幾ら秋乃の気を惹《ひ》きたくとも立ち合って惨敗を喫しては元も子もない。恥を掻いた上に怪我まで負い、下手《へた》をすれば自慢のご面相を文字どおり、潰されてしまうかも知れないからだ。

そんな計算ずくの連中など、もとより寄せ付けもせずにいた秋乃である。

されど剣術遣いの性《さが》である、強い相手への渇望は尽きない。

なればこそ、こたびは殿御と手加減なしで立ち合えると聞かされて、安堵と同時に闘志を俄然と燃やしていたのであった。

「それでええ。それでええんや」

そんな秋乃を笑顔で見やると、輔平は話を続けた。

「まだ独り身なのも、お前はんと同じじゃやで。万が一のことがあっても嫁はんを泣かす心配はあらへんし、思い切り木太刀《きだち》を振るたらええ」

「木剣《ぼっけん》で構しまへんのですか？」

吹っ切れた様子で微笑む姉をよそに、虎麻呂が驚きを隠せぬ様子で輔平に問う。

「お江戸では立ち合いいうたら面やら小手やら胸当てやら、防具とかいうのんをごてごて着けて、割れ竹を束ねたもんを用いるのが決まりと聞いておりまっけど」

「よう知っとったなぁ、虎」

幼子を褒めるかのように、輔平は目を細めて言った。

「お前はんの言うとおり、江戸には防具と竹刀を取り入れて、他流の者同士が心置きのう立ち合えるようにしてはる道場が増えとるそうや」

「一理ありますなぁ。甲冑紛《かっちゅうまが》いのもんを着けて竹の刀で打ち合うんなら、たとえ太刀筋を読み損のうても、大した怪我をすることもあらへんやろし……」

そんなことを言いながらも、虎麻呂は納得がいかない様子である。

思うところは、秋乃も同じ。

人を傷つけるのは好まぬものの、甘い勝負ならば最初からしないほうがいい。

その一本気さが悲劇を招いたと分かってはいても、それだけは譲れなかった。

「ま、そないな備えをしてまで試合《しあ》うぐらいなら、端《はな》から止《や》めといたほうがええとは思うけどな」

二人の想いを察した様子で、輔平が言った。

「そもそも立ち合いが命がけなんは当たり前、剣客《けんかく》を名乗るなら尚のことやろ」

「そこですわ。わてらはもとより覚悟の上ですけど、先方のご兄弟はほんまに木剣でよろしおますの？」

虎麻呂が慎重な面持ちで問いかける。

傍《かたわ》らの秋乃も無言のまま、じっと耳を澄ませていた。

「当たり前や」

輔平が与えた答えは、二人の意に叶《かな》ったものだった。

「そうでなければ、他ならん越中守はんのご所望でも断っとるわ」

納得して頷く姉弟に、輔平は続けて説いた。

「お前はんらに言うのも釈迦《しやか》に説法やけど、流派が同じなら師匠が違《ちご》ても技の形《かた》そのものは似通うとるし、滅多に間違いなんぞ起こらへん。虎みたいに木太刀の先っぽがかすめただけで道着が破れ、肌身を裂くほどに並外れてなければ、なぁ」

輔平の口調は変わらず穏やかだが、虎麻呂に指摘した内容は手厳しい。

虎麻呂が姉より先に御所を追われたのは並外れて強いばかりか、秋乃にも増して手加減ができぬのが災いしたが故のこと。

もしも輔平に拾われなければ、未だ命を狙われていたかも知れない身なのだ。

「すんまへん。ここぞとなると熱うなって、手の内が利《き》きすぎてしもて」

大きな体を縮こませ、虎麻呂は申し訳なさげにつぶやく。

「そないな顔したらあかん。本来だったらそれでええんや」

打ち沈んだのを励ますように、輔平は言った。

「お前はんらが学び修めた鞍馬流は、京八流《きようはちりゆう》に連なる剣。いざというときに天子さまをお護りするための技なんや。よう追いつかん連中がぶったるんどるだけやと、儂は思とるで」

「心空院さま……」

「こないなこと、表立ってはよう言わんけどな」

感謝の面持ちの虎麻呂に、輔平は片目を瞑《つむ》ってみせた。

笑みを収め、改めて姉弟を見返す。

「お前はんらは儂の懐《ふところがたな》刀や。東夷《あずまえびす》に後《おく》れを取ったらあかんえ」

「はいっ」

秋乃と虎麻呂は声を揃えて答える。

まさか姉弟共に敗れ去り、その相手の世話になろうとは夢想だにしていなかった。

三

結城家の兄弟が上屋敷を訪れたのは、それから間もなくのことだった。

あらかじめ支度を調《ととの》えた上に羽織を重ねてきたらしい。装いを改めた秋乃と虎麻呂が中庭に出たときにはもう、揃いの道着と綿袴《めんばかま》姿で待っていた。

「結城新之助にござる。お手柔らかに」

「小次郎です。よしなに！」

折り目正しい兄の新之助に対し、弟の小次郎はいかにも自由奔放、天真爛漫《てんしんらんまん》。顔形こそまったく似ていないが、虎麻呂と相通じるものがある。

「こちらこそ……」

思わず誘われた苦笑を引っ込め、秋乃は言葉少なに挨拶を返した。

虎麻呂は黙ったまま、兄弟を交互に見やる。

のみならず、声を潜《ひそ》めた上とはいえ、秋乃にこんなことまで告げてきた。

「兄貴のほうは大した男前でんな、姉上」

「何言うてんの。これから勝負やいうときに」

「柘榴《ざくろ》にするには惜しい顔ですわ。程々にして差し上げとくれやす」

「……お前はん、まさか手加減するつもりか」

「ははは。そないなこと、考えてもおりまへん」

余裕綽々《よゆうしゃくしゃく》の小次郎を横目に、虎麻呂は不敵に笑う。

「むしろ、あの図体なら遠慮のう打ち込めますやろ」

「……程々にしとき」

血気盛んな弟を戒《いまし》めつつ、秋乃は新之助の顔を盗み見た。

たしかに輔平の話と虎麻呂の見立てに違《たが》わぬ、類《たぐ》い稀《まれ》な美形であった。

単に見目形の良い殿御ならば都に幾らでも居るし、興味もない。

しかし、新之助は別物だった。

端整なだけではなく、覇気がある。

その顔は己が仕事を使命と自覚し、日々を怠りなく生きている男ならではの、美醜など超えた魅力を漂わせている。

それでいて、己の容姿にまるで頓着していないのだ。

隙あらば異性の気を惹き、あわよくば出世もしたい輩《やから》の如く、自分をよく見せようとする思惑《おもわく》など微塵《みじん》も持たず、気負いも驕《おご》りも有りはしない。

四人が揃ったのを見計らったかの如く、裃《かみしも》姿の定信が姿を見せた。装いを改めた輔平も一緒である。

道中用の古びた僧衣と袈裟を脱いだ輔平は、金襴《きんらん》の袈裟を纏《まと》っている。江戸で定信に会うのに備えて葛籠《つづら》に収め、虎麻呂に担がせてきたものだ。

その後にいま一人、白髪交じりの武士がいた。

長身痩軀《そうく》に定信と同じく、裃を着けている。

中庭を見下ろす座敷に入った定信と輔平の横に、涼しい顔をして座る。

松平家中の士ならば定信はもとより、あるじと同格の客人である輔平と席を同じくするはずがない。

「どちらさんですやろ」

虎麻呂が怪訝《けげん》そうに秋乃に問う。

無言で首を振りながらも、秋乃は気付いていた。

(新之助さまに似てはる……)

親子であれば小次郎の父親でもあるわけだが、目鼻立ちはもとより逞しい体つきも似ていない。

新之助は父親似、小次郎は母親似なのか。

今から立ち合う相手というのに、そんなことが気になった。

「畏《おそ》れながら越中守さまに申し上げまする」

秋乃を我に返したのは、言上する新之助の声だった。

「苦しゅうない」

許しを与える定信は、当年取って五十三歳。

若かりし頃の肖像画では細面の美男に描かれた定信も齢《よわい》を重ね、今はえらの張った厳《いかめ》しい面構えである。

見るからに気難しげな元老中首座に、新之助は臆することなく続けて言った。

「もとよりご承知のことと存じ上げまするが、それがしと愚弟は他流との試合を禁じられた身にございます。こたびの立ち合いは曲げてのことなれば、くれぐれもご他言無用に願い上げまする」

「委細承知じゃ。安堵せい」

答えを与える定信は、苦虫《にがむし》を嚙んだが如き顔のまま。何を考えているのか秋乃の目にも定かでないが、新之助は安堵したらしい。

「かたじけのう存じまする」

礼を失さぬ程度に端整な顔をほころばせ、新之助は小次郎と視線を交わした。

小次郎は何も言わず、頼もしげに頷き返すのみ。

木刀を手にして虎麻呂と向き合っても、その余裕は失せなかった。


小次郎と虎麻呂の立ち合いは、一瞬で勝負がついた。

「結城小次郎どの、一本!」

審判役を仰せつかった定信の家臣が、迷うことなく勝利を宣する。

小次郎は虎麻呂が跳びかかると同時に仕掛けた一撃を見切りざま、真っ向を打ったのである。寸止めにした上で手を伸ばし、勢い余って転倒したのを助け起こしてやることも忘れてはいなかった。

「大したもんだな。まるで牛若丸《うしわかまる》だ」

「……おおきに」

言い返すかと思いきや、虎麻呂は礼を述べる。

小次郎との実力の差を認めたのだ。

宙を舞った巨体に踊らされない瞬時の見切り。

動きを最小限にとどめることで可能とした、敏捷《びんしょう》極まる体《たい》の捌《さば》き。

そして手の内を存分に利かせた、寸止めにしなければ頭蓋を粉砕していたであろう

迅速にして重い一打。

すべてにおいて後《おく》れを取った以上、素直に振る舞わざるを得ない。

病弱だった幼少の頃はともかく、成長した虎麻呂をここまで追い込んだのは今まで秋乃しかいなかった。

人は、競い合う相手を得ることによって成長する。

虎麻呂は今、得難き好敵手と巡り合ったのだった。


続いて試合の場に出た秋乃は、かつてない緊張を強いられていた。

弟に続いて自分まで負けてしまえば、輔平に面目が立たなくなる。

姉弟にとって輔平は、単に仕えるだけのあるじではない。

御所を追われ、実家からも見放され、衣食に事欠くばかりか自尊心もどん底に堕《お》ちかけていたところを救ってくれた、大恩人なのである。

その輔平を前にして、無様な姿を晒すわけにはいくまい。

「参ります！」

秋乃は眦《まなじり》を決し、木刀を振りかぶる。

間を置くことなく、前に出た。

気合いを発さず間合いを詰めたのは、先手を取られぬためだった。

剣術の技とは本来、そういうものなのである。

公《おおやけ》の場で演武や立ち合いを行う際に気合いを発したり、殊更《ことさら》に手数を多くするのは本来の技を知られぬための、言うなれば目くらまし。

技のすべてを明らかにするのは真剣勝負の場のみであり、目にした者は必ず斬る。

見せても口を封じてしまえば、外部に知れ渡る恐れもないからだ。

そんな剣術本来の気構えを以て、秋乃はじりじり迫り来る。

新之助の端整な顔が強張った。

秋乃が本気と察したのだ。

斬れぬ木刀も手の内を利かせて振るえば、命を絶つに不足はない。

早々に降参したとしても、止むを得ない状況であった。

しかし新之助は退かない。

中段の構えを取ったまま、迫る秋乃と視線を合わせている。

(ええ目をしてはる)

なればこそ、手加減をするのは無礼だと秋乃は判じた。

新之助には自信があるのだ。

秋乃が形《かたち》だけの立ち合いではなく、本気の打ち合いを望んでも、それを迎え撃てるだけの技量を持っているのだ。

さもなくば斯様《かよう》に振る舞えるはずがない。

これほど澄んだ眼差しで、この場に立っていられるはずがない。

新之助の顔は、もはや強張ってはいなかった。

両の肩から余分な力が抜けている。一瞬だけ露《あら》わにした動揺を早々に抑え、秋乃と相対していた。

(この人なら、大事《だいじ》あらへん)

秋乃はそう確信した。

虎麻呂と輔平以外の異性に対し、初めて抱いた信頼の念だった。

秋乃の木刀が唸りを上げる。

応じて、新之助は左足を後ろに送る。

半身となりながら、すっと木刀を前に出す。

真っ向から振り下ろしたのではない。

横一文字にした木刀で打撃を止めた瞬間、刀身を斜《はす》にしたのだ。

傾《かし》げた新之助の刀身に沿い、秋乃の木刀が滑り落ちていく。

(受け流しはった……!)

秋乃は体勢を崩されながらも踏みとどまる。

切っ先を向けられた新之助が動きを止める。

折しも新陰流で『雷刀《らいとう》』と呼ぶ、上段の構えを取ったところであった。

自ら頭上まで、高々と振りかぶったわけではない。

秋乃が打ち込んだ反動を利用し、自然に刀身を跳ね上げたのだ。

防御した次の瞬間に間を置くことなく、攻めへと転じる。

これが受け流しと呼ばれる、攻防一致の技の本領。

秋乃が切っ先を向けるのが一瞬でも遅ければ、勝負は決まっていただろう。

しかし秋乃は打ち込みを封じられながらも、木刀を手放してはいなかった。なればこそ後れを取らず、反撃を制することができたのだ。

「し、仕切り直されい」

審判役が促す声は震えていた。

優男《やさおとこ》の新之助の思わぬ業前《わざまえ》に、驚きを隠せぬ様子である。

秋乃と新之助は促されるまま、無言で間合いを取り直す。

(何やの)

胸の内でつぶやく秋乃は、全身に汗を滲ませていた。

(何やの、この人……)

受け流しをされたのは、こたびが初めてではなかった。

流派を問わず存在した一手であり、抜刀術では鞘《さや》から抜き上げざまに受け流すことも教えられるが秋乃にはまったく通用せず、幾人も返り討ちにしてきた。

だが、新之助の受け流しは別格であった。

的確な見切りと体の捌きは、これまで秋乃が相手取ってきた面々とはまるで違う。

それでいて、新之助はまるで殺気を感じさせない。

秋乃が覚えたのは、全身をふんわり包み込まれたかのような感覚のみ。

立ち合いの場とは思えぬ穏やかさに、秋乃は戸惑わずにはいられない。

(何やの、もう!)

戸惑いを吹っ切らんと睨み付けても、新之助の態度は変わらなかった。

澄んだ眼差しで秋乃を見返し、一撃必殺を期した打ち込みをまた受け流す。

幾度となく挑みかかっても、結果は同じ。

「ま……参りました……」

観念して頭を下げたときには、秋乃は息も絶え絶えになっていた。

不思議と悔しさは感じない。

まるで汗と共に全身から毒が抜けきったかのような、すっきりした心持ちであった。

「お見事にござった」

歩み寄ってきた新之助も汗まみれ。

それでいて息は切らしておらず、笑顔も爽やか。

釣られて秋乃も微笑んでいた。

「弟御も大した腕前なれど、貴女《あなた》さまはまさに牛若丸……いや、それでは失礼か」

新之助はひとりごちると、照れ臭そうに続けて言った。

「譬《たと》えるならば巴御前《ともえごぜん》。鬼をもひしぐ勢いでした」

「……褒められた気になれませぬ」

「こ、これはご無礼つかまつった」

きっと目を吊り上げた秋乃に、新之助は慌てて詫びる。

「ふっ……」

思わず定信が微笑した。

「あかんなぁ。そこは嘘でも、静御前《しずか》て言うてやらんと」

すかさず茶々を入れたのは輔平。

「まったく、うちの豚児《とんじ》は無粋《ぶすい》なもんですみやせん」

隣の男も苦笑交じりに、伝法《でんぽう》な口調で告げてくる。

その名は結城峰太郎、当年取って六十歳。

新之助と小次郎の父親であると秋乃が明かされたのは虎麻呂ともども、結城兄弟と改めて引き合わされた席でのことだった。

四

「とんだお見合いでしたな、姉上」

「ほんまやな」

思い出話を終えた姉弟は苦笑い。

立ち合いが新之助と秋乃を引き合わせるためのものだったことは、峰太郎と挨拶を交わした後、輔平から聞かされた。

「こうでもせんと、お前はんは一生独り身やろ……か。わてもそう思てましたわ」

「あほ、言うてええことと悪いことがあるやろ！」

虎麻呂の一言に秋乃が腰を上げた刹那《せつな》、木戸門が開いた。

たちまち秋乃の吊り目が垂れ下がる。

「お帰りなんし、旦那さまぁ」

「うむ」

嬉々として出迎える新妻に、新之助は満更《まんざら》でもない様子。

「ご馳走さん」

空《から》になった茶碗を盆に戻し、虎麻呂は笑顔で腰を上げる。

新之助が道着に着替えてくる前に、水汲みを済ませるためだった。

釣瓶落《つるべお》としの夕陽が、木戸門を照らしている。

半開きにした門扉の向こうでは屋敷に戻ったばかりの峰太郎と小次郎、そして松三が苦笑交じりに顔を見合わせていた。

「やれやれ、今日も間《ま》が悪かったな」

「まことにございまするなぁ、父上」

「坊主でよろしゅうございましたね、大殿さま」

「まったくだぜ。危うく晩のおかずを腐らせちまうところだったい」

ぼやきながらも邪魔することなく、三人は庭を見守っている。

秋乃の打ち込みを受け流す新之助の木刀の響きは、今日も軽やか。
結城家の日常に新たに加わった、穏やかなひとときであった。

第二章　御恩という名の枷《かせ》

一

年が明けて、文化八年（一八一一）。

初午《はつうま》を過ぎた龍ノ口の評定所では、今日も咎人の吟味が行われていた。

「山田屋鶴吉《やまだやつるきち》、面《おもて》を上げい」

白洲に向かって告げる、浜口市兵衛の口調は重々しい。

傍らには吟味の記録係として川崎八郎が同席していた。

「へーい」

対する咎人は、見るからにふざけた態度。

南町奉行所に捕えられて小伝馬町《こでんまちょう》の牢屋敷に収監され、今日で三度目となる吟味の

ために評定所へ連行された身であった。牢屋暮らしのやつれこそ隠せぬものの、口許には薄く笑いを浮かべていた。

後《のち》の世の裁判の如く、弁護を請け負う者が同席しているが故の余裕ではない。

徳川の世における公事師《くじし》は文字どおり、俗に公事と呼ばれる民事の裁判にしか関与を許されない。それも評定所や町奉行所において行われる吟味に先立ち、自身の営む公事宿に逗留させた訴訟人に事前の注意を促したり、手続きに必要な提出書類を作成したりといった補助的な役目を果たすのみ。その公事師も関われぬ刑事の裁判で申し開きができるのは、あくまで当事者だけに限られていた。

「こたびが最後の吟味と相成る。何事も有り体《あてい》に申すがよい」

白洲に独り座らせた鶴吉を見下ろし、市兵衛は告げる。

「もとより承知にございやす」

伝法にうそぶく鶴吉の生業《なりわい》は口入屋《くちいれや》。出入り先の武家や商家に仕事を求める人々を斡旋して、口利き料を得る商いだ。

不遜な態度に眉を顰《ひそ》めることもなく、市兵衛は続けて問いかけた。

「そのほう、職を求めて参りしおなごたちで気の弱い者に目を付け、強いて身を売らせておったと申すはまことか」

「そいつぁ言いがかりってもんでございやすよ、お役人さま」

鶴吉は薄笑いをしながら答えた。

「あっしが世話した店の中には、仲居やら茶汲み女にそういうことをさせてるとこもございやしょう。ですがそいつぁ当人同士で話をつけ、勝手に床入《とこい》りしただけのことでございやす。年端《としは》もいかねぇ小娘じゃあるめぇし、大の大人が納得ずくですることまで、いちいち斟酌《しんしゃく》しちゃいられやせん」

「さればこれまでの吟味で申したとおり、与《あずか》り知らぬということか」

「左様でございやす。あっしも忙しい身ですんで、そろそろお帰しくだせぇまし」

「帰してくれ、か……その訴え、おぬしは幾人のおなごから聞かされたのかのう」

「何てことを仰せになられるんですかい、失礼な」

「失礼なのはそのほうじゃ。不届き至極と申すべきかの」

鶴吉が気色《けしき》ばむのに構わず、市兵衛は厳しい口調で言った。

「聞け山田屋。儂がそのほうの誠意のかけらもなき申し開きに本日を含め、三度《みたび》まで付き合うたのは何故だか分かるか」

「そいつぁもちろん、お手当を頂戴なさりてぇからでござんしょう?」

「分からぬならば教えてつかわす」

ふざけた答えに動ずることなく、市兵衛は鶴吉を見返した。

「そのお手当に報いんがため、埒《らち》が明くのを待っていたのだ。そのほうに言い逃れを許さぬための、証《あか》しが立つのを……な」

市兵衛が告げると同時に、蹲《つくばい》同心《どうしん》が三方《さんぽう》を運んでくる。

鶴吉に突き付けられた三方に載っていたのは、半ば溶けた草だった。

「臭え……何ですかい、こいつぁ」

「見てのとおりの水草である。そのほうに逆ろうて口封じされ、沼の底に沈められたのを引き揚げられた、哀れなおなごの腸《はらわた》から取り出したのだ」

「ひでぇなぁ、腑分けは天下の御法度《ごはっと》ですぜ。留役勘定御組頭さまともあろうお方がそんな無法を働いてまで、何の罪咎もねぇ者《もん》を下手人《げしゅにん》になさりたいんですかい」

大袈裟に顔を顰《しか》めるのを意に介さず、市兵衛は淡々と鶴吉に向かって告げた。

「そのほう如きに言われずとも、腑分けが御法度なのは承知の上ぞ。されど、証拠を残さず重ね参りし悪行を暴くためとあっては、止むを得まい」

「そこまでなすって、何が分かったんで？」

「目《ま》の当たりにさせてやっても分からぬのか、愚か者め」

今度は市兵衛が薄く笑う番であった。

「風呂《ふろ》なり用水桶なりに沈めて殺《あや》め、溺れ死んだ態《てい》を装うたところまではそのほうも知恵を遣《つこ》うたらしいが、詰めが甘かったの」

「……言いがかりでございやす、お役人さま」

「沼に嵌《は》まって溺れたにしては、水と一緒に飲み込んだ量が少なすぎる。腹を裂いて奥底まで入念に検《あらた》めた故、明るみに出たことじゃ」

「………」

「申し開きがあらば、いちから聞いてつかわすぞ。ん?」

「糞《くそ》ったれ!」

鶴吉が怒号と共に立ち上がった。

吟味中で縄を解かれていたのを幸いに、跳びかかった相手は証拠の品を運んできた蹲同心。軽輩と侮《あなど》って、帯前の脇差を奪い取ろうとしたのだ。

しかし、そうは問屋が卸《おろ》さない。

「これでも元は南の定廻《じょうまわり》だ! 神妙にしろい」

昔取った杵柄《きねづか》らしい啖呵《たんか》を浴びせ、蹲同心は鶴吉を取り押さえる。大事な証拠の品を白洲に落とすことなく、足許に安置した上での早業《はやわざ》だった。

「見事じゃ」

白髪交じりの蹲同心に労をねぎらい、市兵衛も白洲に降り立った。

「面を上げい」

鶴吉を睨みつける眼差しは、静かな怒りに満ちている。

「御組頭さま」

すかさず後に続いた八郎が、したためたばかりの調書と共に朱墨《しゆずみ》を差し出す。

罪を認めた証しに爪印《つめいん》を捺《お》させるため、市兵衛があらかじめ擦《す》らせておいたのだ。

「は、離しやがれい」

抗《あらが》う鶴吉の腕を締め上げる、市兵衛の手際は慣れたもの。町奉行所あがりの蹲同心の早業には及ばぬまでも、柔術の心得があってのことだ。

「吟味はこれまでじゃ。引っ立てい」

抵抗も空しく捺させた朱い爪印を、昼下がりの陽光が照らし出す。

天網恢恢疎《てんもうかいかいそ》にして漏らさずの譬えを裏付ける、悪党の末路の証明であった。

白洲を後にした市兵衛が廊下を渡り来る。

留役衆の詰所に戻る前に寄ったのは、峰太郎を通しておいた控えの間。かつて苦楽を共にした朋輩《ほうばい》はのんびりと、紫煙をくゆらせながら待っていた。

「どうにか無事に終わったらしいなぁ。ご苦労さん」

煙管《きせる》を収めて労をねぎらう、峰太郎の顔には穏やかな笑み。

市兵衛の如く裃《かみしも》までは纏《まと》っていないが、いつもの楽隠居らしい着流しと袖なし羽織の姿ではなく、きちんと袴《はかま》を穿《は》いている。

峰太郎はこたびの事件の解決に知恵を貸した上で持ち前の人脈を活かし、腑分けの手配をしてくれた。

今日は吟味の結果を見届けるため、わざわざ足を運んできたのである。

廊下の向こうから白洲を見守る視線は、市兵衛にとって頼もしいものだった。

「おかげで一件落着と相成った。衷心《ちゆうしん》より礼を申すぞ、結城」

「おいおい、今の俺は隠居だぜ。名前で呼んでくれればいいさね」

「おぬしの倅《せがれ》にも礼を言うたつもりぞ。調べを尽くした新之助はもとより、山田屋が手下どもを打ち倒し、生き残りのおなごを救うてくれた次男坊の小次郎にも……な」

「うちの豚児《とんじ》どもばかりの手柄じゃないぜ。首尾よく事が運んだのは居候《いそうろう》の若いのも手を貸してくれたおかげさね」

「新之助の嫁御が弟の、公家侍《くげざむらい》のことかの?」

「今はただの居候だよ。ま、腕はなかなか立つけどな」

「左様であったか。ともあれ、かたじけない」

上座に据えた峰太郎に、市兵衛は改めて頭を下げた。

かつての朋輩に手を借りたのは、こたびが初めてのことではない。

峰太郎はかねてより市兵衛の、そして南町奉行の根岸肥前守鎮衛《ねぎしひぜんのかみやすもり》の意を汲んで、手に余る事件の調べを秘かに請け負っていた。

元はといえば勘定方あがりの鎮衛が、配下だった峰太郎の慧眼《けいがん》と人脈に目を付けたのが始まりであった。

峰太郎もただ働きはせず、鎮衛には南町の名奉行の評判を保つ手助けをしているのだからと、それなりの額を出させるらしい。

しかし市兵衛には一文の見返りも求めず、進んで手を貸してくれていた。

「いいってことよ。お前さん方の苦労は、よく分かってるさね」

いつも礼を述べるたびに返されるのは、逆にねぎらう言葉である。

一方、峰太郎は保身も抜かりない。

「その代わりといっちゃ何だが、腑分けのことだけは調書には残さねぇでくれよ。俺はもちろん、手伝ってくれた連中もただじゃ済まなくなるからな」

「大事ない。書役の川崎には左様に命じてある」

「山田屋の奴は牢屋敷で首を斬られるまで騒ぎ立てるこったろうが、そっちのほうは大丈夫かい？」

「言いたいだけ言わせておけばよい。引かれ者の小唄と俗に申すであろう。他の囚《しゅう》人《じん》どもも悔し紛れの戯言《ざれごと》としか思わぬよ」

「そりゃそうだ。うるさい瓦版屋《かわらばんや》も牢屋敷の中までは入れねぇし、話が漏れることはなさそうだな」

「安堵せい。罪に問われたくないのは儂も同じだ」

「へっ、堅物のお前さんらしくもねぇ言い種《ぐさ》だな」

「心得違いをいたすでない。もとより我が身も可愛いが、留役が吟味のためと申せど御法破りを働いたと知れ渡っては、御公儀の威信に関わるからのう」

峰太郎に向かって市兵衛は微笑んだ。

言うまでもなく、留役組頭の市兵衛が担う責任は極めて重い。

金銭の貸借上の揉め事や土地争いが大半を占める出入筋《でいりすじ》こと民事はもとより殺人を含む吟味筋、すなわち刑事に関する事件のほとんどが、留役衆による吟味だけで裁きが決まってしまうからだ。

評定所では月に三度、幕閣のお歴々が一堂に会しての吟味が執り行われる。

寺社奉行と勘定奉行に町奉行から成る三奉行、大目付と目付に加えて月初めは老中まで臨席する席上で、すべての事件が子細に検《あらた》められるわけではない。町方の事件は町奉行、武家方の事件では目付が咎人をそれぞれ召し捕り、評定所送りとされたのを留役が吟味し、無罪か有罪かを判じたのならば問題なしと見なされる。よほど重大な件でなければ将軍どころか、老中から子細を問われることもなかった。

なればこそ、留役御用は手を抜けない。

判断を誤れば無実の者が刑に処され、逆に悪党が罪を逃れてしまうからだ。

天下の御法は情状酌量の余地ある者を赦《ゆる》し、改悛《かいしゅん》の情なき者を罰するために有る。

刑の執行に先立つ留役の吟味には、万が一にも間違いがあってはならない。

なればこそ峰太郎は人知れず、市兵衛に手を貸してきた。

役目を辞して久しい今も楽隠居の身に甘んじることなく、適度に息抜きしながらも事件が起きれば労を厭わず、奔走してくれるのだ。

こたびの如く市兵衛だけでは為し得ぬ綱渡りも、峰太郎ならば可能なこと。

真っ当なやり口が通用し難い輩を自白に追い込むためには、時として手段を択《えら》ばぬ大胆さも必要なのだ。

もちろん市兵衛も、峰太郎ばかりを当てにはしていない。

評定所の日々の御用は、多くの役人によって支えられている。

留役を補佐する、書役に書物方。白洲に詰める蹲同心も欠かせぬ顔ぶれだ。

一人一人の力によって、徳川の世の司法は護られている。天下の御法に基づく裁きを正しく行うために、一丸《いちがん》となって対処することが必要だ。

留役組頭筆頭の市兵衛は、一同の範《はん》となるべき立場。

誰よりも手を抜けない、責任重大な役職だった。

「雑作をかけたの」

峰太郎に重ねて礼を述べ、市兵衛は腰を上げる。

そろそろ詰所に戻らねばならない。

頃や良しと峰太郎も立ち上がった。

「俺の働きに免じて、うちの豚児をこき使うのは程々にしてくんな」

「ふん、心にもないことを申すでないわ」

去り際に告げられた市兵衛は、苦笑と共に峰太郎を送り出す。

新之助の夫婦仲が睦まじいことは、かねてより聞き知っている。わざわざ言われるまでもなく、定刻には帰宅を促すつもりだった。

二

評定所を後にした峰太郎の足は、八丁堀を向いていた。

南町奉行所を目指したわけではない。

春先の風を頬に受けつつ訪ねたのは、白河十一万石の上屋敷。

松平定信から呼び出しを受けてのことである。

新之助に嫁取りをさせるべく取り計らってくれた、御前試合以来の訪問であった。

かって知ったる場所とはいえ、大名屋敷は敷居が高い。

亡き父が低い身分で仕えていた家だけに尚のこと、好んで訪ねたいとは思わない。

しかし、定信には恩がある。

新之助と秋乃を縁付かせてもらったことだけとは違う。

旗本に取り立てられるまで、結城家は白河十一万石の禄を食《は》んできた。家中の士というのは名ばかりで、食い扶持のほとんどを自給自足せざるを得ない郷士だったとはいえ、代々世話になってきたのは事実。無下《むげ》にするわけにはいくまい。

「えー、御免くださいやし」

「結城峰太郎か……その伝法な立ち振る舞い、殿の御前では断じていたすでないぞ」

「もとより承知でございやす」

「ならば良い。ふむ……一応は、身なりもきちんとしておるな」

訪《おとな》いに応じた若い番士の態度は案の定、横柄なものであった。

峰太郎を門の中に通す際にも、開かれたのは潜《くぐ》り戸のみ。正客、それも旗本として遇するならば表門から迎えるのが当然のはずである。

面白くはなかったが、文句を言っても始まらない。

いつもの伝法な口調も、ここから先は慎まなければならなかった。

峰太郎に限らず、旗本と御家人にはくだけた口調で話す者が多い。新之助のように役所勤めをしていれば平素から改まった物言いとなりがちだが無役、あるいは目付の如く市中で御用を務める役目に就けば、自ずとそうなる。町奉行所の与力や同心ほどではないにせよ町人と接する折も多いため、武張《ぶば》ってばかりはいられぬからだ。

国許《くにもと》から単身で赴任して江戸の屋敷に詰める大名の家臣は浅葱裏《あさぎうら》と揶揄《やゆ》される自分たちの野暮天《やぼてん》ぶりを棚に上げ、奇矯《ききょう》な振る舞いと受け取るらしいが、峰太郎にとっては自然なこと。それでも評定所で現役だった頃には折り目正しくするように心がけていたものの、隠居してからはお構いなしで過ごしてきた。

しかし将軍家御直参《ごじきさん》の結城家も、元を正せば白河の一郷士。

ぞんざいな扱いをされたところで、文句は言えまい。

潜り戸から門の中に通された峰太郎を待っていたのは、案内役を引き継いだらしい中年の家臣だった。

昨年にこの屋敷で催された御前試合、もとい新之助と秋乃の見合いで審判役を仰せつかった男である。その折には粛々と役目を務め、客として招かれた峰太郎にも礼を失することがなかったものの、今は毛ほども愛想を見せない。

「殿がお待ちだ。早うせい」

年嵩《としかさ》の峰太郎を気遣う素振りもなく、中年の家臣は足早に先を行く。

横柄な態度はもとより、羽織の裏が丈夫で破れにくい浅葱木綿なのも先程の番士と同じである。質実剛健と称せば聞こえはいいが、やはり野暮天《やぼてん》にしか見えなかった。

峰太郎は嫌味も言わず、黙々と後に続いた。

通されたのは玄関ではなく中庭だった。

座敷に上がることを許さず、庭先で定信の御成りを待たせるつもりらしい。

峰太郎は逆らうことなく、沓脱《くつぬぎ》の傍らに片膝をつく。

「そのままにしておれ」

それを見届け、中年の家臣は踵《きびす》を返す。

(まるで小者扱いだな)

胸の内でぼやきながら、峰太郎は去り行く背中を見送った。

どうやら定信は人払いを命じたらしい。

家中の士にも聞かせられぬということは、よほどの大事なのだろう。

内密に話をしたいということだけは使いの者から知らされていたが、子細については分からない。

(御家中で何か事件でも……いや、そんなことはあるめぇよ)

明るく降り注ぐ陽射しの下、峰太郎は独り苦笑した。

定信が英邁《えいまい》なことは重々承知の峰太郎だ。

仮に不始末があったとしても、定信ならば独自の判断で解決できることだろう。

大名家が江戸に構える屋敷は領事館のようなものであり、内部で起きた事件に幕府は一切関与しない。咎人の裁きは大名に一任され、屋敷内で死罪に処することまで許されていた。

そもそも定信が当主となって以来、白河十一万石の松平家——正しくは久松松平の家中において大した事件は起きていない。

定信は家中の風紀を正すのみならず民政にも尽力し、領民に学問を奨励すると同時に風水害の対策にも努《つと》めて、領内から一人の餓死者も出すことなく天明《てんめい》の飢饉《ききん》を乗り切っている。

名君と呼ぶに値する成果を挙げたからこそ認められ、一度は遠ざけられた江戸表に呼び戻されて、老中首座に据えられたのだ。

定信にそれほどの甲斐性があったが故、結城家は旗本に取り立てられた。

そう思えば感謝しかない峰太郎である。なかなか嫁取りをせずにいた新之助のため一肌脱いでくれたことにも、もちろん謝意は尽きなかった。

自分に為し得ることならば、恩返しの労を惜しむつもりはない。

直参旗本として江戸で暮らす身となったおかげで峰太郎は公儀の役職に就き、憧れだった柳生の剣を学ぶことが叶《かな》った。

郷士のままであれば、望むべくもなかったことだ。

そして江戸で花開いた峰太郎の文武の才は二人の息子、新之助と小次郎にそれぞれ受け継《つ》がれている。新之助が評定所、小次郎が江戸柳生の門下で無くてはならぬ存在と認められるまでに至ったのは、父親として喜ばしい限りであった。

結城家にとって、定信は大恩人。

その定信が所望することには、黙して従うべきだろう。

(他の恩義とは桁《けた》が違う……何だろうと、お返しせにゃなるめぇよ)

峰太郎が胸の内でつぶやいたとき、廊下を渡る音が聞こえてきた。

すかさず峰太郎は両の膝をつく。

「一別以来だの、結城」

頭の上から厳《いか》しい声が降ってきた。

「面を上げよ」

「ははっ」

峰太郎は謹んで言上した。

「御尊顔を拝し奉《たてまつ》り、恐悦《きょうえつ》至極《しごく》に存じ上げまする」

「畏《かしこ》まるのは止《よ》せ」

いつもの渋面《じゅうめん》のまま、定信は言った。

「そのままでは話もできぬわ。上がって参れ」

「よろしいので?」

「左様に改まられては落ち着かぬ。物言いも、好きにいたせ」

「恐れ入りやす」

ほっと微笑む峰太郎に、定信は背を向ける。

峰太郎が障子を開けた座敷へ入っても、すぐに上座に就こうとはしなかった。

「さ、遠慮は無用じゃ」

「お戯《たわむ》れは止《よ》してくだせぇ」

下座に廻ろうとした定信を、さっと峰太郎は押しとどめた。

格下の客にわざと上座を勧め、相手の礼儀を探るのは世の習い。真《ま》に受ければ後で無礼者の誹《そし》りを受けるばかりか人格まで疑われてしまう。勧められても頑《がん》として断り抜き、拒まれたときには力ずくでも上座を譲らねばならない。

もちろん峰太郎もそうするのが常だったが、定信は柔術の心得を発揮して、関節の取り合いまで仕掛けてきたから質《たち》が悪い。

名君らしからぬことをするものだ。

お付きの者たちが居合わせれば早々に、総出で止めてくれたことだろう。しかし人払いされていてはどうにもならず、ようやく定信を上座に着かせたときには、さすがの峰太郎もへとへとになっていた。

「越中守さま、こいつぁどういうご冗談で……」

「許せ。旗本と呼ばれるようになりて久しい、そのほうの存念を知りたくての……」

乱れた息を整え、定信は答えた。

「石高の違いこそあれど、上様の直臣《じきしん》という意味では大名も旗本も同じ身じゃ。そのほうに驕《おご》りがあれば勧めに乗っていたであろう」

「滅相もありやせん。そんな恩知らずな真似が、できるはずもねぇでしょう？」

「ならば良い」

渋面をわずかにほころばせ、定信は言った。

「結城峰太郎に申し付くる」

「へい、何なりと」

「そのほうが二子、新之助と小次郎を当家に帰参させよ」

「え？」

峰太郎はわが耳を疑った。

「聞こえなんだか。そのほうの倅《せがれ》どもを白河に連れ参ると申したのじゃ」

定信が淡々と繰り返した。

「その前に房総《ぼうそう》沿岸防備の御下命を果たさねばならぬ故、二人には早々に手を貸してもらいたい。左様に申し伝えよ」

「……正気でございやすか、越中守さま……？」

峰太郎は茫然としながら問い返す。

「当たり前じゃ。しかと頼むぞ」

平然と答え、定信は立ち上がった。

「結城」

敷居の前で足を止めた定信は、不思議そうに告げてくる。

上《うえ》つ方《かた》には自ら障子や襖を開ける習慣がないからだ。

しかし、茫然自失の峰太郎は座ったまま。

「何をしておるか、無礼者め！」

駆けてくるなり障子を開き、動かぬ峰太郎を怒鳴りつけたのは先程の家臣。人払いをされながらも定信の身を案じ、気配を殺して廊下の向こうに潜んでいたのだ。上座の譲り合いに割って入るのは堪えたものの、さすがに見逃せなくなったらしい。定信が一声命じれば、この場で峰太郎を成敗するのも辞さぬ剣幕だった。

「いかがなされまするか、殿？」

「苦しゅうない」

憤りを隠せぬ様子の家臣に一言告げて、定信は廊下を歩き去っていく。

何ら悪びれたところのない、平然とした素振《そぶ》りであった。

三

「どうしなすったんですか、父上。こんなにお酔いになられて……」

「しっかりなさいまし、大殿さま」

「おつる、水だ、水!」

「分かってますよう、おまいさん」

夜更けた結城家の玄関先に飛び交う声が騒がしい。

「うるせぇなぁ。ちょいと酔ったぐらいでがたがた騒ぐんじゃねぇ」

注意を促す峰太郎は、ろれつが回っていなかった。

斗酒《としゅ》なお辞さずのうわばみが、これほど酔うとは珍しい。

「いいかお前ら、船酔いってのは、こんなもんじゃ済まねぇのだぜ」

「承知しておりやすよ、大殿さま」

唐突な物言いに逆らうことなく、松三が答えた。

「あっしも初めて沖釣りのお供をしたときにゃげーげー吐きまくって、死にそうな心持ちでござんした。高いとこは一向に平気でも、海の上ってのは違いやすねぇ」

「そうだろうが？　いくさとなったら、それこそ命がけさね」

「いくさですかい」

「そうともよ。越中守はな、俺の可愛い倅どもを異国船と一戦交えることになるかもしれねぇお役目に、引っ張り出そうとしてやがるんだ」

「越中守って……畏れながら、白河の御前のことでござんすかい？」

「他に誰が居《い》るってんだい、苦虫嚙みのくそじじいめ」

「お口が過ぎまする、父上」

「てやんでぇ、悪態ぐらい好きに言わせろぃ」

　この調子では屋敷内どころか、隣近所まで聞こえてしまう。

「ご免なすって」

　断りを入れた上で、松三は峰太郎に寄り添った。

　肩を支えて運んだ先は、井戸端に設《しつら》えられた洗い場。

　涎《よだれ》に濡れることを厭《いと》わず伸ばした指を、そっと口中《こうちゅう》に挿し入れる。

　吐き気を催させた上で背中をさすり、悪酔いした元を余さず戻させる手際は慣れたものだった。

　峰太郎の私室では、おつるが布団を敷いていた。

敷き伸べた布団の上に、春香が持ってきた油紙を拡げる。

大判の油紙は刀傷を負った怪我人の介護に欠かせぬ備えだが、嘔吐《おうと》や下痢《げり》で寝具が汚れるのを防ぐ際にも重宝《ちょうほう》する。結城家で出番があるのは子どもたちが幼いときに腹下しをしたときぐらいであったが、まさか齢《よわい》を重ねた峰太郎を寝かしつけるのに必要とされるとは、誰も思ってはいなかった。

寝床の支度が終わって早々に、廊下を渡る足音が聞こえてきた。

「よろしいですかい」

小声で問うた松三に、春香は無言で頷き返す。

峰太郎は青い顔のまま、ぐったりしているばかりであった。

四

結城家の朝は早い。

まだ表が暗いうちから庭に響き渡るのは、木刀で打ち合う音だ。

立ち合っていたのは、小次郎と虎麻呂。

わざわざ屋敷で稽古せずとも、柳生家の道場は夜明け前から開いている。

だが明け方の道場は役付きの、同じ旗本としても格上の面々で混み合う。出仕前のひとときを惜しんで集まり、限られた時間の中で稽古に勤しむためだ。

対する小次郎は気ままな部屋住みで、虎麻呂もすることのない居候の身。その気になれば日がな一日、稽古に費やすこともできる。なればこそ朝一番で道場に足を運ぶことを避け、お歴々の邪魔にならないようにしているのだ。

虎麻呂は結城家に居着いて以来、そんな小次郎の習慣に毎朝付き合っている。

以前の小次郎は新之助に稽古不足を解消させることを兼ね、御用繁多を承知で無理やり起こしては庭に引っ張り出していたものだが、秋乃を嫁に迎えてからはさすがに気を遣っている。そもそも秋乃が居る限り、新之助の稽古の量は十分であった。

その点、虎麻呂に対しては小次郎も遠慮も無用。今日も向こうから先に起きてきたのと合流し、熱を入れて木刀を交えていた。

同時に打ち込んだ木刀が激しくぶつかり合った。

「腕を上げましたなぁ、小次郎はん」

「分かるかい？」

押し合いながら言葉を交わす声は、共に爽やか。

互いに楽しくて仕方がないといった様子である。

もちろん、手など抜いてはいない。

体格も互角の二人の間で、木刀が軋《きし》みを上げている。

「それはもう……気迫からして違いますよってに」

「気迫だけで強くなれたら苦労は要《い》らねぇよ……」

「そないなことはあらしまへん。何事も気持ちからです！」

力強く告げると同時に、虎麻呂は小次郎を押し返す。

凡百の相手ならば弾みで体勢を崩し、為す術《すべ》もなく打ち据えられていたであろう。

しかし、小次郎はそんな隙など与えない。

「まだまだっ」

虎麻呂が振りかぶるより速く、反撃の一打を放つ。

負けじと虎麻呂は体《たい》を捌き、木刀を僅差で見切る。

以前ならば巨軀に似合わぬ機敏さを恃《たの》みとし、跳んで避けたはずである。

だが、今は動きを最小限にとどめている。

体は大きく捌くほど、自ずと隙も生じやすい。

実力が下の者ならば強引にねじ伏せられるが、小次郎が相手ではそうはいかない。

付け入る隙を見出せぬまま、立ち合いは今朝も打ち続く。

「楽しおまんな、小次郎はん」

木刀を振るいつつ、虎麻呂は嬉々として小次郎に告げる。

「まったくだな、虎麻呂さん」

「虎でよろしおますがな、水臭いわ」

「まぁまぁ。結城家《うち》じゃ碌なもてなしもできねぇんだし、せめて名前ぐらいはお公家さんらしく呼ばせときなよ」

「何言いますの。こうして立ち合うとるときは、公家もお武家もあらしまへんやろ」

「そりゃそうだな。じゃ虎さん、もう少し付き合うかい？」

「よろしおま。行きまっせ！」

虎麻呂は江戸に下って、小次郎という好敵手を得た。

剣術の手が合うだけではなく、気もよく合う。

なればこそ、互いに実のある付き合いができるのだ。

「人には添うてみよって言うが、ほんとだなぁ」

再び押し合いに入った小次郎は、そんなことを虎麻呂に向かって言った。

「何ですのん、藪から棒に」

「だからさ、お前さんと俺のことだよ」

きょとんと見返す虎麻呂に、小次郎は汗に塗《まみ》れた笑顔で告げる。

「東　男《あずまおとこ》と京　女《きようおんな》の相性がいいのは兄上と義姉上を見ていて分かったが、男同士はウマが合うとは限らねぇ。東　夷《あずまえびす》に贅六《ぜいろく》って互いに腐《くさ》し合うぐらいだしな」

「嫌やな。そないなこと考えてはりましたの」

「まぁ最初はな。だけど同じ屋根の下で暮らしてるうちに、いがみ合うのなんか馬鹿らしいって思えてきたんだよ」

「ほんまですか？」

「疑われても仕方ねぇけど、今は違うよ。何から何まで違っていても通じ合えるもんだと分かったからな」

「よう気が付きましたなぁ、小次郎はん。諸行無常の理《ことわり》に照らせば、身なりや言葉の違いなんぞ些細なことですわ」

「おや、悟ったようなことを言うじゃないか」

「当たり前ですやろ。伊達《だて》にお坊さまに仕《つか》えてたわけやおまへん」

虎麻呂は得意げに告げるや、ぐいと小次郎を押し返す。

負けじと小次郎も腰を入れる。

気合いの入った稽古を続けるうちに、庭に朝日が射してきた。

「坊ちゃん方、お疲れさまでございやす」

屋敷の勝手口から出てきた松三が、いそいそ歩み寄ってくる。

頃や良しと、二人は稽古を切り上げた。

井戸端に移動して肌脱ぎとなり、汲み上げた水に浸した手ぬぐいで汗を拭く。

「勝負の続きは道場で付けるとしようぜ、虎さん」

「さいですなぁ。ぼちぼち腹も減ってきましたし」

「お前さんはほんとに腹っ減らしだな。ゆうべもあんなに大飯を平らげといて……」

「居候の心得は分かっとります。三杯目にはそっと出し、でっしゃろ」

虎麻呂は悪びれず、筋骨隆々とした胸を張る。

「俺より大きい丼なのに、困ったもんだぜ」

「そいつぁ奥さま方の台詞《せりふ》でござんすよ、坊ちゃん」

松三は思わず呆れる小次郎から手ぬぐいを取り、汲み替えた水ですすいで絞る。

「ささ、早いとこ座っておくんなさい」

急《せ》かして移動した先の縁側には、すでに髪結いの支度が調《ととの》っていた。

結城家の息子たちに身支度をさせ、仕上げに髪を結う役目は、子どもの頃から松三が一手に引き受けている。

新之助の世話こそ秋乃に任せたものの、未だ独り身の小次郎は放っておけない。

ついでに虎麻呂の髪も毎朝まめまめしく、手入れをしてくれている。

月代《さかやき》を剃らずに櫛《くし》を入れるだけとはいえ、日々の結髪は欠かせない。虎麻呂にしてみれば有難い反面、いささか難儀なひとときでもあった。

「お手柔らかに頼みまっせ、松三はん」

「何の、何の、このぐらいご辛抱なせぇまし」

「痛、たたた」

加減なしに引っ張られ、頭皮と一緒に目も吊り上がる。

松三に限らず、本職の髪結いも同じようなものだと小次郎に言われてはいるものの大飯喰らいの意趣返しとしか思えない。

「いま少しでございやす。さ、ご辛抱、ご辛抱」

「か、堪忍しとくなはれ〜」

虎麻呂が上げる悲鳴は、さして広くもない屋敷の奥まで響き渡った。

「ふっ、今朝も難儀をしておるようですね」

秋乃に着替えを手伝ってもらいながら、新之助は可笑《おか》しげにつぶやいていた。

「何ともお恥ずかしゅうございます……」

弟の毎度の醜態に、秋乃は消え入りそうな声。

「左様な顔などしないでください。小次郎も松三も、あれで張り合いがあるのです」

赤くした頬に手を添えて、新之助は微笑んだ。

「お前さまも、でございますか？」

「もちろん。虎麻呂どのに居着いてもろうて幸いでした」

「まぁ、わらわは二の次ですの」

「何を言うのです。さ、帯を頼みます」

「はい」

ムッとしかけた顔を再び赤らめ、秋乃は照れ臭げに手を伸ばす。

寝床を共にするようになって久しい今も、新妻の如き振る舞いであった。

屋敷の台所では、春香とおつるが朝餉の支度に忙しい。

すでに飯は蒸らし終え、鍋では味噌汁が湯気を立てている。

台所の続きの板の間では松三が甲斐甲斐《かいがい》しく、人数分の膳を並べていた。

「おまいさん、今朝も派手にやらかしたね」

「何でぇ、ここまで聞こえていたのかい？」

飯櫃《めしびつ》を運んできたおつるに、松三はとぼけた顔。

「わざとやってるくせに、食えない爺《じい》さんだよう」

「おきやがれい、小娘が」

「へっ。その小娘に首ったけのくせに、何言ってんだい」

父娘ほど年の違う夫婦だが、おつるは松三に手厳しい。

「あれで虎麻呂さんも可愛いとこがあるんだよ。こないだはお稽古帰りに、わざわざ団子なんて買ってきてくれたしね」

「そいつぁ羽二重じゃねぇのかい」

「おや、どうして知ってんのさ？」

「柳生さまん道場《とこ》で新しいお弟子さんが配りなすったもんだからよ。どうせ食いかけだったんだろ」

「それで一本足りなかったのかい。よりにもよって、あたしの好きなみたらしだったたねぇ……褒めて損しちまったよう、おまいさん」

「ははは、いい気味だい」

お返しに憎まれ口を叩きながらも、悔しがる女房を見やる視線は優しい。

この松三とおつる、かつては江戸を騒がせた夫婦者の盗っ人である。

後一歩で南町奉行所に御用にされて獄門首となるところを峰太郎に救われ、結城家の奉公人となって忠義を尽くしてくれていた。

もとより秋乃と虎麻呂は与《あずか》り知らぬことだが、今の二人は堅気《かたぎ》の身。腕に覚えの技を活かすのは、峰太郎を手伝うときのみに限られる。先頃に山田屋の事件が解決するに至ったのも、老いてなお機敏な松三の陰《かげ》の働きあってのことだった。

その峰太郎がふらつく足で姿を見せた。

「よう、お早うさん」

すかさず松三が駆け寄り、体を支える。

「大丈夫でございやすかい」

「何言ってやがんだい。ちょいと晩酌の量を過ごしただけじゃねぇか」

峰太郎はとぼけた口調で言った。

事情を知らない新之助と小次郎に、深酒をした理由を気取られまいとしているのだ。

そんな父親の様子に気が付きながら、春香は何も言わずにいた。

松三とおつるも、余計なことは口にしない。

峰太郎から釘を刺されるまでもなく、昨夜の顚末《てんまつ》は明かせない。

定信が命じたことの子細は分からぬまでも、当人たちに言い難いことなのは察しがつく。今は峰太郎を信じて、成り行きを見守るより他になかった。

「義父上《ちちうえ》さま」

秋乃が飯を運んでくる。

昨夜の顚末を与り知らずにいるのは、秋乃も同じ。

それでも峰太郎の体調を気遣って、盛り付けは軽めにしていた。

「おう、すまねぇな」

労をねぎらい、峰太郎は笑顔で膳に向かった。

何も知らない新之助と小次郎も動きを合わせ、共に合掌してから箸を取る。

いつもと変わらぬ朝餉のひとときが、和《なご》やかに過ぎていった。

第三章　名君は苗を植えた

一

「父上が白河侯《こう》の御屋敷に？」

新之助が小次郎から思わぬ話を聞かされたのはその日の勤めを終え、屋敷に戻って早々のことだった。

秋乃との日課を始めようとしたところを、止められた上でのことである。

あらかじめ言い含められたのか、虎麻呂も姿を見せない。

小次郎は新之助の私室までついていき、二人きりで話をした。

「実は今日一日、虎さんと一緒にあちこち歩き回りまして……」

「稽古に参らず、父上のことを調べておったのか」

「はい。不躾《ぶしつけ》とは存じましたが常ならぬご様子故、放ってはおけませんでしたので」

峰太郎の空《から》元気を見抜き、虎麻呂と聞き込みをしてきたというのだ。

新之助は日頃から稽古に勤しむ以外のときは市中を出歩き、武家に限らず町家の人々とも親しく付き合っている。豊富な人脈は評定所の吟味を秘かに助ける、峰太郎の陰《かげ》働きを手伝う際にも大いに役立っていた。

「父上が昨日、まず龍ノ口にお越しになられたのは、もちろん兄上もご存じですね」

「私は詰所に居った故、顔を合わせてはおらぬがな。山田屋の一件が落着したのを見届けられて早々にお帰りになられたとの、御組頭さまの仰せであった」

小次郎と言葉を交わしながら新之助は肩衣を外し、半袴の紐を解く。

いつも秋乃が甲斐甲斐しく世話を焼いてくれるが、本来ならば手伝ってもらうまでもないことだ。

兄の着替えを見守りつつ、小次郎は言った。

「御評定所を出られた足で、父上は八丁堀に向かわれたらしゅうございます。ご酒を過ごされてお帰りになられたのは、その後のことでございました」

「根岸のおじ上……南のお奉行に呼ばれたせいではないのだな？」

「ならば悪い酒にはならないでしょう。召し上がるなら祝い酒ですよ」

「そうであったな」

　着替えを済ませた新之助は上座に着き、立ったままでいた小次郎にも座れと促す。

「話は別だが名奉行の評判支えの御礼、かなりの額だそうではないか」

「おかげさまで、俺と虎さんも過分なものを頂戴しました」

「それはよい。父上がお訪ねしたのが白河侯と、何故に分かったのだ」

「門番の侍が教えてくれたんですよ」

「番士が、か？」

「俺と虎さんが通りがかったところをわざわざ呼び止め、親が親なら子も子だと業腹《ごうはら》なことを向こうから言ってきたのです。怒った虎さんに締め上げられ、悲鳴を上げておりましたがね」

「さすが虎麻呂どの、ようやってくれた。ともあれ、そやつのおかげで父上が白河侯をお訪ねしたと分かったのだな」

「はい。そのサンピンも子細までは与り知りませんでしたがね、御目通りをなすって四半刻も経たぬうちに、青い顔をしてお引き取りになられたそうです」

「ううむ、左様な次第だったのか……」

　しばし考えた後、新之助は真顔で言った。

「下戸《げこ》の私でも酒の効きが心持ち次第ということぐらいは分かる。体の具合が優れぬ折は言うに及ばず、気が塞《ふさ》いでおるときほど酔いやすいであろうが？」

「そもそもやけ酒とはそういうものですよ、兄上」

呆れることなく、小次郎は答えた。

「酔うても詮無《せんな》きことだと分かっていながら居《い》ても立ってもいられぬが故、口にしてしまうのです。失礼ながら兄上も、やらかしたことがお有りではないですか」

「あの折のことは忘れてくれ……。秋乃にも、決して漏らすでないぞ」

「分かっておりまする。それよりも、父上ですよ」

「斗酒《としゅ》なお辞さずのお方が酔い潰れたとなれば、よほどの難事を持ちかけられたせいと判ずるべきであろう」

「あの父上がそうなるほどの話とは、一体何でしょうか」

「それが一向に思い当たらぬのだ」

「もしや、久松松平家の御内証のことではありませんか」

「馬鹿を申すな。白河侯ともあろうお方が父上相手といえども、御家中の大事を迂闊《うかつ》に明かされるはずがなかろう。もとより英邁な御仁なれば、知恵を借りなさる必要もあるまいぞ」

「まことに左様でございましょうか」

「白河侯を見くびるでない。そもそも、あのお方は結城家の大恩人なのだぞ」

「相済みませぬ」

「分かればよい」

「………」

「………」

兄弟は揃って口を閉ざし、腕を組んで考え込む。

「兄上」

先に口を開いたのは小次郎だった。

新之助に注意を促すや、背後の障子に向き直る。

剣客が放つ気は鋭い。

声を発さずとも相手に届き、未熟であればその場から動けなくなる。

しかし、小次郎が気を放った相手は凡百の手合いではなかった。

「すんません。盗み聞きなんぞしてしもて」

観念した声と共に障子を開き、顔を見せたのは虎麻呂。

気配は完璧に消したものの、夕陽が射した障子に映る巨軀の影までは隠せずにいた

のである。

後ろでは秋乃が面を伏せ、恥ずかしそうに俯いている。

峰太郎の身を案じてくれてのことと思えば、新之助も腹は立たない。

「そんなとこじゃ話もできないだろ。ほら、義姉《ねえ》さんも」

二人を誘う小次郎の声にも、咎め立てする響きはなかった。

二

新之助は改めて、秋乃と虎麻呂に己が所見を話した。

「越中守はんが義父上さまに、難儀な頼み事を……？」

「さもなくば、あの父上が酔うほど悩まれるはずがあるまい」

太い首を傾げた虎麻呂に懸念を説く、新之助は見るからに思いつめた様子。

「旦那さま」

秋乃は夫の横顔を見守りながら、不安を覚えるのを禁じ得ずにいるらしい。

傍らで小次郎は腕を組み、じっと天井を見上げている。

「……もしかしたら、異国船のことと関わりあるのやおまへんか」

虎麻呂が思わぬことを言い出した。

「異国船って何だい、虎さん」

「ご存じありまへんのか」

きょとんとする小次郎に、虎麻呂が呆れた様子で告げる。

「越中守はんが御公儀から仰せつかりはった、お江戸の海の護りですがな」

「ああ、房総いうとこに大筒《おおづつ》を据え付けるて話やろ」

「それですわ、姉上」

秋乃の指摘に、虎麻呂は待ってましたとばかりに乗ってきた。

「大層な普請で掛かりもえらいもんやろて、心空院さまが案じてはったな」

「何万両て話やし、越中守はんもさぞお悩みですやろ」

「夷狄《いてき》を迎え撃つのに、生半可《なまはんか》な備えじゃあかんしな」

「そもそもまともな大筒が揃えられへんのとちゃいますか」

「せやろなぁ。何しろ戦国の昔から、大して進んでへんのやし……」

弾む姉弟のやり取りをよそに、小次郎は困惑顔。

新之助も会話に加われず、端整な顔に戸惑いの色を浮かべていた。

「お二人ともしっかりしなはれ」

見かねたのか、虎麻呂が向き直りざまに焦《じ》れた様子で告げてきた。

「ほんまどすえ」

秋乃もじろりと二人を見やる。

「あ、相済まぬ」

慌てて詫びた上で、新之助は言った。

「もちろん異国船のことはかねてより耳にしておる。したが何とも、雲を摑むような話でな……」

「そういうことだよ、お二人さん」

弁解がましく、小次郎も言い添えた。

結城家の兄弟にとって、異国はあくまで遠い存在。

新之助は御法の守《も》り人として、小次郎は新陰流の剣客として、それぞれ高みに上ることに専心している。故に噂話を聞いてはいても、深く関心を抱くまでには至らずにいたのだ。

しかし、秋乃と虎麻呂は違うらしい。

「これは日の本の行く末に関わることどすえ、旦那さま」

秋乃は日頃の甘えはどこへやら、眼光鋭く夫に告げる。

「よろしいでっか、義兄上《あにうえ》。小次郎はんもしっかり聞いてておくれやす」

虎麻呂は先程までとは逆に、新之助に講釈を始める有様であった。

「オロシャもエゲレスも狙いは同じ、この国を乗っ取ることでっせ」

「せやから隙あらばと、周りの海をうろついとるんどす」

真剣な面持ちで語る虎麻呂に続き、秋乃も言った。

上方《かみがた》では他人がしたことを評する際は語尾に「はる」と付け、敬意を表すのが常であるが、秋乃も虎麻呂も、今はさすがに省いている。

「おぬしたち、何故に左様なことを存じておるのだ」

「当たり前ですやろ。都には、天子さまがおわすからです」

疑義を呈した新之助に、虎麻呂はさらりと答える。

隣では秋乃も、当然の如く頷いている。

それもそのはずだった。

京大坂《おおさか》は言うまでもなく、日の本の要《かなめ》。

江戸が将軍家のお膝元として権威を振りかざそうとも帝《みかど》の威光には及ばぬし、経済の中心は今も変わらず大坂である。


「さ、左様か」

その京大坂は平安の昔から天変地異のみならず、戦火で幾度も焼かれている。

もちろん大坂の陣を最後に大規模な戦闘は行われていなかったが、いつ何刻《なんどき》、再び矢弾《やだま》が飛び交うことになるか定かではない。

とりわけ京は、天下を狙う上で決め手となる地。

武家の棟梁たる征夷大将軍《せいいたいしょうぐん》の立場を徳川から奪うにしても、まず天皇の承認を得る必要があるからだ。

戦火に対する警戒は、京で暮らす人々にとっては本能にも等しいもの。

その警戒は近年、海の外にまで向けられているらしい。

かつては紅毛南蛮《こうもうなんばん》、昨今は夷狄と呼ばれる諸外国の船が日本の近海を脅《おびや》かす現状を軽視せず、幕府による防備の進展に日頃から目を配っている。

京を離れて江戸に居着いた秋乃と虎麻呂も、その点は未だ変わらぬらしい。輔平の側近くに仕えながら教えを受けていたとあって、随分と詳しくもあった。

「夷狄が厄介なのは、異教徒に容赦をせんことですわ。日の本でも拐《かどわ》かされた人らがルソンやジャガタラ辺りに売り飛ばされたそうでっけど、もっと先の、大きな海を越えた先の大陸では金銀財宝を根こそぎ奪った上で、おなごはんや幼子まで撫で斬りにしよったとか」

「まことか？」

「バテレンが本国に送った報告書に、そないなことが記されとるそうですわ」

虎麻呂が語ったのはイスパニアに侵略された、インカ帝国の悲劇。

余りの惨さを見かねた同胞の宣教師によって告発され、世に知られることとなった虐殺のやり口は撫で斬りどころではないのだが、秋乃と虎麻呂に異国の知識を授けた輔平も原書に接したわけではなく、全貌までは知り得ずにいた。

まして結城家の兄弟に、想像がつくはずもあるまい。

「度し難い話だが……そもそも、異教徒とは何なのだ」

虎麻呂が言ったのに、新之助が問い返す。

「分かりまへんか。あちらさんはキリシタンこそ正しい思てて、わてらが子どものときから馴染んどる神さん仏さんの教えは、ぜんぶ異端なんですわ。いくさをしてでも教えを広めようとしとるいうから、難儀なことでっせ」

「ほんとかい」

「ほんまどす」

小次郎が驚きの声を上げたのを受け、秋乃が言った。

「せやから太閤《たいこう》はん……秀吉《ひでよし》公がキリシタンを禁じはった後、家康《いえやす》はんもバテレンを

日の本から締め出しはったんです。紅毛の国でもオランダだけが今も長崎《ながさき》で交易するのを許されとるんは禁教令に従《したご》うて、布教をようせんからどすわ」

「それはさすがに存じておるが……我らの考えが甘かったらしいな。許せ」

新之助は秋乃と虎麻呂に頭を下げた。

すっかり立場が逆転されても、腹を立ててはいない。

「兄上の申されるとおりだな」

小次郎も恥ずかしそうに言い添えた。

「そういうことなら何としてでも、まず江戸の守りを固めにゃなるめぇよ。連中は日の本を武士が仕切ってるのを分かってて、あれこれ仕掛けてきてるんだろ」

「それについては言い分もありまっけど……ま、よろしおますわ」

虎麻呂が複雑な面持ちでつぶやいたのは都育ちならではの、徳川家は帝《みかど》から天下を治める権限を委任されているだけにすぎないという考え故のことだろう。

秋乃も考えは同じはずだが、もはや目を吊り上げはしなかった。

その代わり、切迫した様子で告げてくる。

「旦那さま、義父上とお話をしとくれやす」

「分かっておる。越中守さまがご所望が沿岸防備の件ならば、我らに為し得る限りの

お手伝いをせねばなるまい。父上は何処《どこ》に居られる？」

「今し方までお湯を遣《つか》ったはりました」

「されば、湯殿か」

「もう上がられたと思いますけど……」

「ともあれ、越中守さまからのお話の次第を聞かせていただこう」

一同に告げるや、新之助は先に立って障子を開ける。

「お待ちくだされ」

踏み出そうとした途端、廊下の先から呼び止める声が聞こえた。

「春香か」

戸惑いながらも、新之助は言った。

「退《ど》いてくれ。父上に火急のお話があるのだ」

「父上でしたら、お出かけになられましたよ」

「夕餉前に？　行き先は」

「お伺いしておりませぬ」

答える春香は静かな面持ち。

その素振りに対し、新之助は苛立《いらだ》ちを隠せなかった。

「おぬし、何ぞ隠しておるな」

「今は余計なお口を出されず、父上にお任せください」

「余計な口だと？　父上が越中守さまよりご所望されたのは日の本の行く末に関わることやも知れぬのだ。左様な大事におなごがしゃしゃり出るでない！」

「旦那さま、わらわもおなごにございまする」

「落ち着いてくだされ、兄上」

慌てて秋乃と小次郎が止めに入った。

一方、虎麻呂は独り廊下を駆け抜けていく。

童顔は引き締まり、眦《まなじり》を決している。

江戸に来てから常着にした、筒袖と野袴は動きやすい。

常の如く太刀も佩《は》かず、都に居た頃から愛用していた腰刀を一振り、帯前に差しているだけであった。

「どうなさるおつもりですかい、虎さん？」

玄関先に立ちはだかり、行く手を阻んだのは松三だった。

「決まっとるやろ。義父上が無茶なさるんならお止めせな」

「考えすぎでさ。大殿さまは無茶なんざしやせんよ」

「ほんならどうして義姉上もお前はんも、そんなに焦ったはるんや？」

「しょうがねぇお人だね」

構わず雪駄《せった》に手を伸ばすのに、松三は跳びかかる。

盗っ人あがりの体《たい》の捌きは老いても機敏。

しかし、巨軀を躍らせる虎麻呂のほうが速かった。

雪駄を履かずに重ね持つや、だっと三和土《たたき》を蹴って跳ぶ。

松三の動きを読み、脇をすり抜けてのことだった。

「うわっ」

体当たりをかわされ、松三は勢い余って素っ転ぶ。

弾みで腰を打ったらしい。

「痛たたた……」

「堪忍し。後で揉んだるよって」

背中越しに詫びた虎麻呂は、裸足《はだし》のまま駆け走る。

一路目指すは八丁堀の上屋敷。

「どうかご無事で居《い》とくなはれ、義父上……」

まだ峰太郎が暴挙に及んでいないことを、今は祈るばかりであった。

三

「うぬ、何用かっ」

上屋敷の表門を護る番士の声は、昨日に増して険《けわ》しかった。

峰太郎が羽織どころか袴も略し、着流し姿で乗り込んできたからだ。

その装いのみならず、態度も礼を失したものであった。

「さわぐんじゃねぇよ、若造」

「ぶ、無礼な……」

「それがどうした。俺は隠居でも天下の御直参。石高はそっちが上でも、お前さんの主君と立場は同じだぜ。ほんとだったら早々に門を開け、丁重に迎えるべきじゃねぇのかい」

「ふざけるでない」

番士はあくまで強気だった。

「うぬが身分は殿がお与えになられたものであろう。その分不相応なる立場も、殿に返上つかまつることになったと聞いておるぞ」

「サンピンが四の五の言ってんじゃねーよ。それに一旦頂戴したもんを、はいそうですかと大人しく返せるかってんだ」

「こやつ！」

番士が怒号と共に突きかかった。

手にしていたのは六尺棒。

鑓《やり》まで持ち出されては厄介だが、このぐらいならば雑作もない。

突いてきたのを奪いざま、みぞおちに先端を叩き込む。

悶絶させたのを尻目に、峰太郎はそっと潜り戸を開く。

「おのれっ」

「狼藉者《ろうぜきもの》め」

門前に躍り出るなり抜刀した二人の武士は、門脇の詰所に居合わせた番士たち。

峰太郎は慌てることなく六尺棒を旋回させ、二人の手首を打ち据えた。

堪らずに刀を落とした隙を逃さず、続けざまに叩き伏せていく。

江戸で最も安全とされ、間借りをする者が絶えない八丁堀に構える上屋敷も、町方与力と同心の組屋敷が建ち並ぶ一角からは離れている。門前でこれ以上の騒ぎを起こさなければ、駆け付ける恐れはないだろう。

峰太郎は失神した番士たちを詰所に運び込んだ。

六尺棒はそのまま持っていく。

無礼を承知で上屋敷に乗り込みはしたものの、死人《しびと》まで出すつもりはなかった。

勝手知ったる屋敷内を峰太郎は速《すみ》やかに移動していく。

定信の寝所に辿り着くまで、さほどの時はかからない。

行く手を阻んだ不寝番たちを失神させるのには六尺棒を振るうまでもなく、当て身を浴びせるだけで事足りた。

(昔はもうちっと骨のあるのが揃ってたんだがな……)

胸の内でつぶやきつつ、峰太郎は足音を忍ばせて廊下を渡る。

手間が省けたのを喜ぶべきところだが、むしろ心配になってくる。

定信は学問ばかりでなく、武芸を奨励するのにも熱心だった。老中首座として断行した寛政《かんせい》の改革においても、重要な政策のひとつとされていた。

幕閣から退《しりぞ》いた後も、その方針は白河十一万石の家中にて継続されたはず。

江戸常勤中の当主を護っているのがこれほど歯ごたえのない者ばかりでは、いざというときの役には立つまい。

左様に感じたのは、遅れて駆け付けた虎麻呂も同じであった。

「この小具足《こぐそく》の技の冴えは、義父上に間違いあらへん。獅子《しし》は兎《うさぎ》を倒すにもって言うけど、ほんまやな」

開いたままの潜り戸から中に入った虎麻呂は、門脇の詰所で気を失ったままでいた番士たちの痣《あざ》を検《あらた》めてつぶやいた。

それぞれの懐から取り出した手ぬぐいを捩《ね》じって猿轡《さるぐつわ》を嚙ませ、左腰から奪った鞘《さや》の下緒《さげお》で後ろ手に縛り上げていく。

しばらく意識を取り戻すことはなかろうが、念には念を入れねばなるまい。

理由はどうあれ大名、しかも元老中首座の屋敷に殴り込んだと知れれば、峰太郎は無事では済まない。

当人が腹を切らされるのはむろんのこと、結城家も取り潰されかねないだろう。

もとより峰太郎も承知の上のはずである。

それなのに無茶をしたのは、その結城家の存続に関わることが原因だからなのではないだろうか――。

元は白河の郷士だった結城家が直参旗本に取り立てられるに至った経緯は、秋乃が

嫁いだ際に峰太郎から聞かされた。

いつもの伝法な口調に自虐を交えていたものの、恩恵を与えてくれた定信に峰太郎が感謝をして止まずにいることは、よく分かった。

新之助と小次郎、そして春香の三人も、思うところは同じだといっていい。

都育ちの虎麻呂は、人の本音を読むのに長《た》けている。

むろん秋乃も同じであり、結城家の人々に裏表がないことを分かっている。

建前だけで定信への謝意を口にしていただけならば、これほど無茶はしないはず。

本気で感謝をしていたが故、ここまでやらずにはいられぬほどの憤りを覚えたのだと判じるべきであろう。

「追ってはきたけど、邪魔するわけにはいかへんなぁ……」

最後の番士を縛り上げつつ、虎麻呂はぼやいた。

その背にじりじりと白刃が迫り来る。

戸口から切っ先を向けてきたのは、異変に気付いた宿直《とのい》の侍たち。

峰太郎の胸中に想いを馳せる虎麻呂は、迂闊にも気付いていない。

先頭の侍が詰所の敷居を越えた。

その瞬間、後に続く侍たちが一斉に崩れ落ちた。

何者かが背後から忍び寄りざま、一撃を加えたのである。

「何奴！」

慌てて向き直った刹那《せつな》、先頭の侍は足を払われた。

重心を崩された次の瞬間、みぞおちにめり込んだのは薙刀《なぎなた》の石突《いしづき》。加減された一撃ながら、意識を絶つには十分すぎる威力であった。

「油断しとったんか、あほ」

京言葉で毒づく秋乃の声がする。

「まぁまぁ、無事で良かったじゃないですか」

「ともあれ、間に合《お》うて何よりだったな」

後から聞こえた声の主は、小次郎と新之助。

「どないしはったんです、揃いも揃うて……」

「おぬしを追って参ったに決まっておろう」

新之助は呆れ交じりの声で虎麻呂に告げながらも、周囲への警戒を怠らない。

小次郎ともども手にしていたのは、本身の刃《やいば》を潰《つぶ》した刃引《はび》き。町方同心が捕物出役《しゅつやく》で一振りだけ帯びていくのと同じ、相手を殺すことなく倒すための打物《うちもの》だ。

「さすが父上が選んでくれた刃引きだ、手の内も冴えますよ」

「腕自慢は後にしなはれ。置いてきますえ」

うそぶく小次郎に注意を促す秋乃が手にした薙刀も、刃は潰してある。結城家に嫁入って男装で出歩くことが絶え、太刀を佩くこともなくなったため、屋敷内の備えとして誂えたものであった。

「虎、お前も早うしい」

「かなんなぁ」

じろりと睨んで先に立った秋乃を、虎麻呂は苦笑しながら追っていく。

「待て」

新之助が声も鋭く注意を与えた。

押っ取り刀の家臣たちが、どっと玄関先に駆け付けたのだ。

「やっぱり楽には行かせてもらえませんか、兄上」

「さもあろう。主君の盾《たて》となるは臣下の習い……むしろ見上げたことであろう」

「刃引きにしておいて正解でしたね」

「忠義の者たちを無闇やたらに斬って捨てるわけにも参るまい。父上も同じお考えのはずだ」

小次郎と言葉を交わしつつ、新之助は中段の構えを取った。

一方の小次郎は上段の構え。

新陰流でいうところの『雷刀《らいとう》』だが、上段からの一撃は振り下ろす速さがなくては意味を為さない。

「ヤッ」

若い家臣が気合いと共に斬りかかった。

かわしざまに振るった小次郎の刃引きが、がら空きの脳天を一撃した。

悶絶するのを尻目に体《たい》を捌き、小次郎は次の相手に向き直る。

正対《せいたい》した次の瞬間には間合いを詰め、袈裟がけの一撃を浴びせていた。

いずれも迅速ながら加減した打ち込みだった。斬れない打物といえども手の内を利かせれば木刀並みの、あるいはそれ以上の威力を発揮する。なまじ命を奪うことより、気を失わせるにとどめるほうが難しいのだ。

しかし小次郎は言うに及ばず、新之助と秋乃にも抜かりはない。

「刃引きと申せど薙刀です！　当たれば無事では済みませぬぞっ」

声も高らかに威嚇する秋乃は、京言葉を使っていない。

秋乃が生まれ育った地の言葉で語りかけるのは、信頼の置ける相手のみ。

その一番は、もちろん新之助だ。

斬り付けてくるのを受け流しては返り討ちにしていく夫を護りつつ、秋乃は刃引きの薙刀を旋回させる。

並より小柄な女人でも、長柄《ながえ》を振るえば大きく見える。

それでいて、秋乃の体の捌きは敏捷そのもの。新之助の隙を衝《つ》こうとする者を見逃さず、速攻で打ち倒していく。

「かたじけない」

こういうときも、新之助は謝意を述べるのを忘れない。

「早よ、先を急ぎますえ」

照れ隠しに声を高くしながらも、京言葉が出るのは防げぬ秋乃であった。

四

虎麻呂に続いて新之助らまで駆け付けたことを、峰太郎は知らない。

玄関先で戦いが始まったときにはもう、奥の寝所近くまで到達していた。

定信が独り寝を常としていることは、かねてより承知の上。

寝所の障子越しに、常夜灯の淡い明かりが見えてきた。

峰太郎は音を立てずに障子を開き、中に踏み入る。

定信は布団の上で、独り寝息を立てていた。

よほど疲れているのだろう。峰太郎が枕元に膝立ちとなり、肩を押さえ込むまで目を覚ましはしなかった。

「……結城か」

「上座の譲り合い、今宵のとこはご勘弁願いやすぜ」

「今はそれどころではあるまいぞ」

身動きを封じられていながらも動じることなく、定信はつぶやく。

「して、斯様《かよう》な時分に何用か」

「昨日のお話の返事を申し上げに参りやした」

「返事とな」

「勝手ながらスッパリとお断り申し上げやす」

「……理由を聞こう」

問い返す定信の声に怒りの響きはない。

あくまで冷静に、峰太郎の胸の内を聞き出そうとしている。

応じて、峰太郎は静かに答えた。

「うちの豚児《とんじ》どもが、越中守さまのご期待に添えるとは思えねぇからですよ」

「偽りを申すでないわ。新之助と小次郎ほどの出来の者が、わが家中はもとより大名諸侯の家中に幾人居《お》ると思うのだ」

「そいつぁ畏《おそ》れながら買い被《かぶ》りってやつでさ」

峰太郎は苦笑いをしながら言った。

「新之助は天下の御法を守ること、小次郎は柳生さまの新陰流を盛り立てることしか頭にありやせんよ」

「それで良いのだ」

答える定信は、いつもの渋面《じゅうめん》。

それでいて怒りも不快の念も滲ませることなく、天井を向かされたまま、あくまで静かに言葉を継いでいた。

「俗に一芸に秀でると申すが、それとてままならぬのが世の常じゃ。儂もこの歳まで文武を等しゅう究《きわ》めんと刻苦勉励《こっくべんれい》しては参ったが、所詮《しょせん》は世にいう殿様芸の域でしかあるまい」

「ご謙遜をなさらねぇでおくんなさい。その気になりなすったら今だって、切り返しなさることが出来るでしょうに」

「まことの狼藉者が相手ならば、疾《と》うにそうしておるわ。したが、そのほうに手傷を負わせるわけには参るまい」

「これほど無礼を働かれなすったのに、なぜですかい」

「そのほうらは唯一、余の試みが実を結んだ成果だからだ」

「試み……？」

「余がそのほうらを直参に取り立てたは、もとより伊達や酔狂には非ず。老中首座の立場を得たのを幸いに、才に恵まれながら不遇を託《かこ》ちおりし家中の士を日の当たる場に出してやらんと欲したが故なのじゃ」

「畏れながら御身が世に出なすったことの、お裾分《すそわ》け……だと」

「お裾分けか。市井《しせい》に馴染みし、そのほうらしい物言いだのう」

定信は渋面をわずかにほころばせた。

「断っておくが、余は施しをしたつもりはない。しかるべき機を与え、そのほうらが如何なることを為すか、今日《こんにち》まで見守っておったのだ」

「お江戸という田んぼに苗を植えなすった、ってことですかい」

「ふっ、こたびの譬《たと》えはしっくり来るのう」

峰太郎を見上げて定信は微笑んだ。

「左様、余は苗を植えたのだ。育たぬままに腐り果て、あるいは虫に食われたならばそれまでのこと。首尾よう実を結んだ者は白河の地に戻して深く太く、根を張り直させる腹積もりでの」

「……そういうことだったんですかい」

「左様な次第で直参に取り立てられしことによって受けた恩恵、そろそろ返してもろうても罰は当たるまい。どうじゃ」

「………」

しばしの間を置き、峰太郎は言った。

「……ごもっともと申し上げるべきでござんすね」

さもなくば、恩知らずの誹《そし》りを受けても仕方ないだろう。

峰太郎が評定所に勤め、柳生一門で新陰流を学ぶ機を得たのは紛《まぎ》れもなく、定信の計らいのおかげである。

江戸で嫁を迎え、三人の子宝に恵まれたのも、その恩恵のひとつであった。

峰太郎に劣らぬ長身にして秋乃の域には及ばぬまでも武芸に秀で、流行《はや》り病であっけなく命を落としたことが信じられぬほど頑健だった妻は、今も小次郎にその面影を残している。後添いを迎える気になれぬほど思い出深い愛妻とは、もしも江戸に出て

こなければ知り合うこともなかっただろう。
すべては定信のおかげとあれば、意向に逆らい続けるのも心苦しい。
少なくとも峰太郎自身は、その意に沿うことに異存がなかった。
しかし、わが子たちに無理強いはしたくない。
峰太郎と亡き父は紛うことなき、定信によって植えられた苗である。
だが、新之助たちは違う。
苗ではなく種子から江戸で育った、生まれながらの旗本なのだ。
身分を誇らせたいわけではない。
田舎よりも都会がいい、ということでもない。
わが子らが故郷と呼ぶべきは、生まれ育った華のお江戸は神田の地。
世にいう神田の水道《すいと》で産湯《うぶゆ》を使った、江戸っ子としての初代なのだ。
新之助で三代続く結城家は、一応は江戸っ子の端《はし》くれだろう。
しかし、本当の初代は新之助。
小次郎にもいずれ別家を立てるか、望まれる家へ婿入りさせてやりたい。
そうやって江戸に根を張り、孫子《まごこ》の世代を育ててほしい。
親の身勝手といえばそれまでだが、峰太郎の望みはそれだけだった。

自分は江戸で出来ることを存分にやってきた。

願わくば楽隠居のままで余生を過ごしたかったものだが、定信が必要だというのであれば久松松平家に帰参し、白河の地に戻ることもやぶさかではない。

しかし、せめて息子たちだけは、このまま江戸に居させてやりたい。

「申し上げやす、越中守さま」

意を決し、峰太郎は口を開く。

そこに訪いを入れる声が聞こえた。

「御免」

凛とした声に続き、障子が開け放たれる。

入ってきたのは新之助。

小次郎に、秋乃と虎麻呂まで一緒だった。

「ど、どうしたんでえ」

「お控えくだされ、父上。結城家の当主は私にございまするぞ」

驚く峰太郎を見返して、新之助は真っ直ぐな目で告げてきた。

その上で定信に向き直り、深々と頭を下げる。

「越中守さま……こたびの不始末の儀、責めはそれがしが負わせていただきまする」

「旦那さまっ」

「そなたも控えおれ」

慌てる秋乃のことも黙らせ、新之助は重ねて定信に言上した。

「越中守さま、何卒《なにとぞ》」

端整な顔には決然とした面持ち。

この場で腹を切るのも辞さぬほどの気迫であった。

しかし、返されたのは思わぬ答え。

「控えるのはそのほうじゃ。苗木の分際で恥を知れ」

「苗木、にございまするか？」

訳が分からず、新之助は戸惑うばかり。

「ようやっと種から芽吹いたばかりの身で、一人前の口を叩くでない。話はそのほうらが父御といたす故、早々に立ち去れい」

「さ、されど……」

食い下がろうとした途端、新之助はぐらりとよろめいた。

体に力が入らない。

いつの間にか腰が抜けている。

定信の放つ気迫と貫禄に、知らぬうちに圧倒されていたのだ。

気付いた秋乃が、小次郎と虎麻呂を目で促す。

二人は揃って定信に頭を下げ、新之助を両脇から抱え上げた。

最後に秋乃が一礼し、しずしずと去ってゆく。

訳が分からぬのは新之助と同じだったが、この機を逃せば無事では済まないことは理解できる。

ともあれ定信はこの屋敷で図らずも絆《きずな》を結んだ、若い面々を見逃してくれたのだ。

後の話は、峰太郎が戻ってきてから聞かせてもらえればいい。

故に秋乃も子細を問うことなく、素直に退散したのであった。


「ご無礼しちまった上にうちの豚児まで、無様《ぶざま》なとこをお見せしましてすみやせん」

後に残された峰太郎は、改めて定信に詫びた。

「苦しゅうない。事を急いだ余が愚かであった……あの者らが育つはこれからぞ」

定信は変わらず渋面ながら、声に峰太郎を咎める響きはない。もはやくだらぬ譲り合いを仕掛けることもせず、進んで上座に着いていた。

「越中守さま、それじゃ」

「倅どもを使役いたす件は白紙に戻そう……そのほうだけでも、余を手伝《つど》うてくれ」

「そりゃもう、合点承知の助でございやすとも」

「これ、伝法にも程があろうぞ」

勢い込んで返答した峰太郎に、定信は思わず苦笑い。

それでいて持ち前の渋面は、先程までよりもほころんでいた。

「そのほうの知恵を借りたいのは、江戸湾岸防備の儀じゃ」

「房総に拵《こしら》えてなさる、例の台場のことですかい」

「左様。もはや余の思案だけでは立ち行かぬのだ」

「……お話を聞かせていただきやしょう」

悩む余りに頭を振った定信に、そっと峰太郎は躙《にじ》り寄る。

無礼を承知の振る舞いは、相手を落ち着かせるためのもの。

息子たちを差し出せと命じてきた、焦りの裏に何があるのか。

まずは事の真相を突き止めることから、始めなくてはなるまい。

夜が穏やかに更けてゆく。

定信と峰太郎の語り合いに割り込む者は、誰もいない。

秋乃が失神させた家臣たちを蘇生させて経緯《いきさつ》を話し、小次郎と虎麻呂、そして腰を入れ直した新之助にも手伝わせ、全員を介抱してから立ち去ったからである。戦意を喪失させた上で礼を失さず、丁重に接した内助の功のおかげであった。

第四章　抜け荷一味の上前《うわまえ》

一

「とにかく金がない……。先立つものが足りぬのだ」

定信を悩みに悩ませ、当初の予定よりも早く峰太郎から新之助と小次郎を取り上げようとするまでにさせたのは、深刻極まる財政難だった。

峰太郎も事の次第を打ち明けられ、ようやく合点がいったことである。

去る文化七年（一八一〇）の二月二十五日に幕府より命じられ、断りきれずに仰せつかった、江戸沿岸の防備が事の発端。

白河十一万石では幕命を受けた翌月から向こう五年に亘《わた》る倹約令が実施され、年が改まった文化八年（一八一一）つまり今年じゅうに台場《だいば》を完成させるべく、房総の松《まっ》

ケ岡《がおか》と竹ケ岡《たけがおか》において工事が推し進められているという。

一帯の支配権を周辺の大名家から切り離した飛び地として、白河十一万石の領内に組み入れさせた上のことである。

しかも白河十一万石の財政を圧迫して止まぬ問題は、沿岸防備の件だけではない。

定信が不在の国許では、文化六年（一八〇九）二月の大火で被災した白河城と城下町の再建が進められている。

焼失した立教館《りっきょうかん》を始めとする学校の建て直しも急務と定信は主張し、峰太郎が幾ら先延ばしを勧めても、聞き入れようとはせずにいる。

一大名家の当主として、幕命に従いながらも国許の政《まつりごと》を疎《おろそ》かにはしたくない。

それは老中首座に選ばれる前の若かりし頃、天明の大飢饉で餓え死ぬ領民を一人も出すまいと奔走した当時と、まるで変わらぬ熱意であった。

その信念は尊ぶべきものだが、無い袖は振れぬのが世の常である。

峰太郎としては、苦言を呈するより他にない。

「畏《おそ》れながら欲張りすぎじゃねぇですかい。どれか削るってんなら、学び舎《や》だと思うんですがねぇ」

「何を申す。若き者は国の宝ぞ。教え育てずして何とする」

「もちろん分かっておりやすが、背に腹は代えられないでしょう」

「そのほうが次に申したきことは分かっておる。無い袖は振れぬ、であろう？」

「お見通しでしたかい」

「江戸っ子は野暮《やぼ》を嫌うのであろう。左様な戯言《ざれごと》、二度と申すでないぞ」

「分かりやしたよ。とにかく、線引きはきっちりしなくちゃいけやせん」

「……相分かった。熟考しようぞ」

定信とのやり取りは、日々そんな調子だった。

二

まだ桜が咲くには間のある頃、峰太郎は定信の供をして房総の地に赴《おもむ》いた。

二人きりで馬を駆っての視察だった。

日の本で台場と呼ばれる大砲の設置場所として選ばれた松ケ岡と竹ケ岡は、いずれも切り立った崖の上。

江戸湾の入口を眼下に臨んで警戒し、発見した異国船に砲撃を加えるのが目的だが馬から降り、定信ともども彼の地を目の当《ま》たりにした峰太郎は、新たな疑問を抱かず

にはいられなかった。

「念のために伺いやすがね、越中守さま。こいつぁ人さま任せにせず、直々《じきじき》にご検分をなすった上でのことなんですかい？」

「無礼なことを申すでない。事前の調べに同行したのは言うに及ばず、公《おおやけ》にも視察に出向いておる」

不躾《ぶしつけ》な物言いに、定信は憮然と答えた。

遠乗りを装って普請場を見守る二人に、作業に勤しむ人足衆も、監督する家臣たちもまったく気が付いてはいなかった。まさか自分たちの殿様がすぐ近くまで来ているとは思ってもいないのだろう。

「それじゃ普請を始める前《めえ》にも、その目でお調べなすったと？」

手を抜くことなく勤しむ様を見守りつつ、峰太郎は問う。

「当たり前ぞ」

答える定信も、普請場に目を向けたまま。

顔を見られる恐れもないため、変装用の深編笠を脱いでいた。

その渋面が常にも増して不機嫌そうであることに、すでに峰太郎は気付いていた。

人足も家臣も勤勉にしているというのに、憤《いきどお》るには及ぶまい。

「こちらでいいと、本気で見立てなすったんですね」

「くどいぞ、結城」

「どうして豆州《ずしゅう》になさらなかったんですかい」

構うことなく、峰太郎はずばりと問うた。

「む……」

定信は二の句が継げない。

「これから申し上げることを知らなかったとは言わせませんぜ」

黙り込んだ定信に、峰太郎は更に遠慮なく告げていた。

「この房総の外海《そとうみ》から銚子《ちょうし》の沖を抜けて江戸前に入る辺りはご覧のとおり、波が滅《めっ》法《ぽう》荒い難所でさ。オロシャもエゲレスも大海を越える備えには、日の本のそれとは比べもんにならねぇぐらい正確なからくりを持っているこってしょうし、そもそも船頭は波が読めまさ。なのに大事な船を沈めちまいかねないとこを好きこのんで通るはずがねぇでしょうが。そうでなけりゃ日の本よりずっと先の大陸まで、辿り着けるわけがありやせんよ」

「……」

「天文方の高橋《たかはし》さまがまとめなすった万国全図《ばんこくぜんず》とかってのを、上様とご老中方はもち

ろんのこと、越中守さまもご覧になられたんでござんしょう?」

文化八年現在、すでに日の本では五大陸のおおまかな位置を示す、世界地図が作成されている。

一年前、幕府天文方を務める高橋景保《かげやす》によって作成されたばかりの『新訂万国全図』である。新訂と銘打たれたとおり、オランダから長崎《ながさき》の出島《でじま》を経由してもたらされた異国の地図を参照し、蝦夷地《えぞち》と呼ばれた北海道《ほっかいどう》については田沼意次《たぬまおきつぐ》の命《めい》によって実行された、間宮林蔵《まみやりんぞう》らによる北方探検の成果を反映したものであった。

その成果を余さず報告されている将軍と幕閣のお歴々が、世界の情勢について無知なはずがないだろう。

庶民はもとより武士も大半は未だ与り知《あずか》らぬことながら、世界全体から見れば日の本がほんの小さな列島にすぎず、海の向こうに大国がひしめいていることを、すでに承知の上なのだ。

にもかかわらず、こたび敷かれた沿岸防備の態勢は甚《はなは》だ甘い。

本気で迎え撃つつもりとは思えぬ有様だった。

「本音を申し上げてもよろしいですかい、越中守さま」

峰太郎が口を開いた。

「その場凌《しの》ぎのはったりじゃ、日の本は護れませんぜ」

定信の渋面が更に険しさを増す。

「ご無礼を承知で、重ねて申し上げやす」

峰太郎は動じずに続けて言った。

「お畏れながら上様もご老中方も、異国船が攻め入ってくるって考えねぇようにしていなさるんじゃありやせんか」

「……分かるのか、結城」

「まさか越中守さままで、同じお考えじゃねぇでしょうね」

「……目を背《そむ》けてはならぬこととは思うておる」

「思うだけじゃ仕方ねぇでしょう」

峰太郎の苦言は止まなかった。

「たしかに越中守さまが柳営《りゅうえい》を取り仕切ってなすった頃は、異国の連中も出方に遠慮がござんした。オロシャが大黒屋光太夫《だいこくやこうだゆう》を返して寄越したり……。ですが近頃はレザノフでしたか、交易を断られた腹いせに蝦夷地の番屋を襲いやがるし、エゲレスもフェートン号の一件でいくさ寸前まで行っちまって、明らかに強気じゃありやせん

か」

「左様……予断を許さぬ有様じゃ」

「だったらどうして異国船が避けて通る、寄ってきたとしても当たりもしねぇとこにわざわざ台場を設けなさるんで？」

「それ以上、言うてくれるな……」

「これじゃ脅しにも何にもなりやせん。普請を進めさせていなさる最中にこんなことを言っちゃいけねぇとは思いやすが、越中守さまは今こうしてなさる間にも、溝《どぶ》に金を捨てていなさるようなもんですよ」

「……」

「そもそも大筒が古すぎるんでさ」

黙り込んだ定信に、峰太郎は静かに告げた。

「そういや、越中守さまが禁書になすった林子平《はやししへい》の『海国兵談《かいこくへいだん》』にも、日の本の大筒の遅れのことは詳しく書かれておりやしたね」

「あれを目にしておったのか」

「まだ若造でしたんでね、畏れ知らずに学ばせていただきやした。仮にも直参の身でこんなことを言うのも何ですが、御禁制にしなすったのは悪手《あくしゅ》でござんしたよ」

「……そのほうの申すとおりやも知れぬな」

定信は消沈した声で答えた。

「主殿頭《とのものかみ》が進めておった蝦夷地の開発も、引き継ぐべきであったのう」

「まだ間に合うんじゃありやせんか」

「余が未だ、老中の座に在れば……な」

「ご進言なさることはできるでしょうよ」

「いや……上様がお取り上げなさるまいよ」

「そんなことはねぇでしょう。お畏れながら上様のお父君は、越中守さまとは従兄弟《いとこ》同士だ。御年の上でも越中守さまは、父親みてぇなもんじゃありやせんので？」

「上様が左様なご配慮をなされるお方ならば、何の苦労もなかったであろうの」

「越中守さま……」

「手遅れになる前に御祖父さまを、吉宗公を、もっと見習うべきであったのう」

深々と定信は溜め息を吐いた。

定信が敬愛する吉宗公は八代将軍に就任後、それまで幕政を支えてきた新井白石《あらいはくせき》を勇退させている。

五代将軍の綱吉《つなよし》公の下で頭角を現し、盟友の間部詮房《まなべあきふさ》と正徳《しょうとく》の治《ち》を実行したこと

で知られる白石は堅物の朱子学者でありながら、幕府が抱えていた諸問題に柔軟に対処する一方、それまで日の本側が不利だった長崎貿易の輸出品の見直しや、密入国した宣教師ヨハン・シドッチへの直々の尋問など、異国への対策にも力を尽くした。

幕政の刷新を目指した吉宗公は白石を退《しりぞ》けはしたものの対外政策は受け継ぎ、江戸開府以来の禁教令こそ遵守したものの他は大幅に緩和し、長崎経由で伝えられた西洋の知識と情報が世に広まることを望んだ。

しかし、定信はそこまで度量が広くなかった。

田沼意次の遺産というべき政策のほとんどを踏襲せず、蝦夷地の開発を始めとする事業を中止させてしまった。

打つべきときに手を打たず、意次の治世の下で活躍した有為の人材という持ち駒を活かしきれず、局面を悪くしてしまったのだ。

まさに将棋でいうところの悪手である。

「越中守さま、台場を房総になすった理由をまだ聞いちゃおりやせんぜ」

悔いるばかりの定信に、峰太郎は問いかけた。

落胆するのは分かるが、気持ちを後ろ向きなままにさせてはなるまい。

敢えて無遠慮に振る舞ったのは、そう思えばこそだった。

「人が悪いぞ、結城。疾《と》うにおぬしは答えを出しておるわ」

「じゃ、やっぱりただのごまかしだと……」

「左様。それも余に対しては何であれ遠慮をなさらぬ、上様の御差し金じゃ」

「ほんとですかい」

「まことに嘆かわしきことじゃ」

定信は、また溜め息を吐いた。

「同じこけおどしでも豆州に築かば、まだ意味もあったであろうよ」

「……」

渋面を更に歪めて悔いる様子を、峰太郎は無言で見やる。

家斉《いえなり》公と老中たちはともかくとして定信は言葉のとおり、現実から目を背けることを潔《いさぎよ》しとしていなかったのだ。

豆州、すなわち伊豆《いず》の沿岸は幕府が直轄する天領。内陸の相州《そうしゅう》と武州《ぶしゅう》を含めた一帯は韮山《にらやま》の陣屋を江戸開府の頃から預かる、代官の江川《えがわ》一族が治めている。

もとより日の本を防衛することが幕府の役目である以上、台場建設の候補地には大名領より天領を選ぶべきだろう。

立地が良好ならば尚のことだが当の幕府はそれを望まず、豆州とは江戸湾を挟んで

反対側に位置する、房総の沿岸に台場を設けることを定信に命じたのだ。

天領で工事を行えば、費用も人手も幕府が負担をしなくてはならない。

それを避けたいがために幕府は大名家、しかも定信の治める白河十一万石に負担を強《し》いたのだ。

とはいえ、幕府に金がないのも事実である。

何しろ千代田の御城の補修を始めとする江戸市中のさまざまな工事でさえ自力では賄《まかな》いきれず、御手伝普請《おてつだいふしん》と称して諸大名の手を借りているのだ。御城ばかりか大川《おおかわ》に架かる橋も満足に維持できず、やり手の商人と知られる大坂屋《おおさかや》茂十郎《もじゆうろう》に設立を許した三橋会所《さんきょうかいしょ》に任せきりの有様だった。

万両単位で金のかかる台場の普請は、一大名家にすぎない白河十一万石にとっては過酷な負担。

それを私情を絡めて押し付けるとは、家斉公も人が悪いと言わざるを得まい。

「どうして上様はそんなに、越中守さまを目の敵《かたき》になさるんですかい？」

峰太郎にしてみれば、素朴な疑問であった。

定信は老中首座だった頃、将軍補佐も兼任している。

弱冠十五で将軍職に就いた家斉公のために、実の父親で定信の従兄弟にあたる一《ひとつ》

橋治済《ばしはるさだ》が認めた人事であった。

家斉公から見れば遠縁の又従兄弟とはいえ、身内の支えは心強いことだったはず。

その恩を仇で返すかの如き命《めい》を下すとは、どういうことか。

しかし当の定信が子細を口にしない以上、問い質《ただ》すのは憚《はばか》られる。

「……帰《けえ》りやしょう」

返事を待つことなく、峰太郎は馬首を巡らせた。

三

その後も峰太郎は八丁堀の上屋敷に日参し、悩める定信のために策を講じる毎日を送った。

楽隠居気取りで釣りに出かけるのはおろか、酒を楽しむ暇もない。

息子たちと晩酌を共にしながら語り合い、そこに秋乃と虎麻呂も加わって和気藹々《あいあい》と過ごした夜のひとときも、今は定信と二人きり。

旗本でも隠居は当主と違って夜の外出や宿泊を制限されぬため、論議が長引いた日には、そのまま泊まり込むこともしばしばだった。

「ったく、とんだ苦労を背負《しょ》い込んじまったなぁ」

峰太郎ならずとも、ぼやかずにはいられない状況だろう。

恩返しと思えば手を抜くわけにもいかず、さりとて毎日働きながら一文にもならぬのは困りもの。定信の許《もと》に通い始めてからは陰働きをするのもままならず、せいぜい指示を与えるだけで、実行役は小次郎らに任せきりにせざるを得なくなっていた。

こういうときには、良くないことが起こりがち。

小次郎が手に余る事件に巻き込まれたのは、峰太郎の役目が繁多を極めている最中のことであった。


「抜け荷ですか?」

「左様。不知火《しらぬい》の百蔵《ひゃくぞう》と名乗る一味ぞ」

南町奉行所に呼び出されるなり、小次郎はそう切り出された。

「船足の速き一艘を用い、荒稼ぎをしておる不届き者じゃ。こやつらが江戸に入ったと投げ文があっての、何としても御用にせねばならぬのだ」

小次郎をじっと見返す老人の名は、根岸肥前守鎮衛。

新之助ともども幼い頃から面識のある南町奉行は、峰太郎の元の上役である。

勘定方の一役人から町奉行にまで出世を果たした鎮衛は、齢経《よわい》た今も南の名奉行として評判は上々。

その評判を支えるのに少なからず貢献してきた小次郎だが、峰太郎を伴わずに顔を合わせるのは荷が重い。対する鎮衛にしてみれば、峰太郎が多忙なのはもっけの幸いというものであった。

「首尾よう一味を捕らえた暁には、おぬしへの礼も弾むぞ」

「どういうことです、根岸のおじさん」

「肥前守と呼ばぬか、無礼者」

「す、すみません」

「まったく、図体ばかり大きゅうなりおって……」

忌々《いまいま》しげにぼやいた上で、鎮衛は言った。

「咎人が刑に処された後、家財も没収されることは存じておるかの」

「はい。死罪だと、亡骸《なきがら》もお召し上げになるかと」

「そのとおりじゃ。亡骸の実入りは御様御用首斬り役《おためし》の山田《やまだ》どのの役得なれど、身代はすべて御公儀のものとなる。つまりは咎人が御用となる前に稼いでおるほど後の儲けも大きいというわけじゃ」

「まさに盗っ人の上前《うわまえ》だなぁ」

「これっ、人聞きの悪いことを申すな」

「失礼しました。抜け荷の上前ですね」

「そういうことならば、後味も悪くないからのう」

鎮衛は皺だらけの顔をほころばせた。

「先頃に前田《まえだ》侯のご領内にて御用にされし一味は、十万両近いおたからを隠し持っていたそうじゃ」

「十万両ですか。それがぜんぶ、加賀《かが》前田さまの御金蔵に……」

「儂は上様のお役に立ちたいのじゃよ」

驚きが収まらぬ様子の小次郎に、鎮衛は真面目な顔で言った。

「無礼を承知で申すが、当節はお大名も旗本も無駄飯喰《ぐ》らいが多すぎるわ。禄を食《は》むに値せぬ、まさにろくでなしばかりぞ」

「お言葉が過ぎまするよ、おじさん……いえ、お奉行」

「心得違いをいたすでない。おぬしらのことは言うておらぬ」

「まことですか」

「さもなくば目など付けぬし、使い立てもいたさぬわ」

ムッとした小次郎に、鎮衛は微笑みかける。

「この儂が見込んだおぬしらなればこそ、こたびは将軍家の御内証をお助けするためにひと働きしてもらいたいのじゃ」

「……左様なことならば、否やはありませぬ」

「話は決まったの。しかと頼むぞ」

鎮衛は笑顔で頭を下げた。

「何もそこまでなさらずとも……どうぞお顔を上げてくだされ」

「いやいや、難事を頼むからには礼を欠いてはなるまいよ」

「左様ですか。こちらこそ、父上の分まで力を尽くしましょう」

「頼むぞ、小次郎」

「はい」

「まこと、おぬしは聞き分けがよいのう……」

俯《うつむ》きながら鎮衛がほくそ笑んでいることに、小次郎は気付いていなかった。

四

その日、定信は千代田の御城に登城していた。

峰太郎の助言を受けて練り上げた、策を携《たずさ》えてのことである。

「上様に御目通りをいたしたい。お取次ぎ願おう」

御側御用取次《おそばごようとりつぎ》に向かって告げる態度は堂々たるもの。

自信と覇気を取り戻し、家斉公に挑まんとしていた。


謁見の場には老中たちも同席した。

その大半は、老中首座だった当時の定信から教えを受けた者だった。

古参の者ほど恩義は大きく、気持ちの上では定信の肩を持ちたいところだが、家斉公の御前とあって警戒せざるを得ない。定信は怒れば何を言い出すか、分からぬ気性だからである。

言葉が過ぎたときはすぐさま止めに入るつもりでいたものの、御目通りをして早々に定信が言上したのは、予想を遥かに超えることであった。

「品川《しながわ》沖に御台場を築けと？」

「途方もないことを仰せになられまするな、越中守どのっ」

定信の思わぬ提案に、老中たちは色めき立つ。

「黙らっしゃい」

定信はただ一言で、居並ぶ面々を沈黙させる。

その渋面は御座之間《ござのま》の上段に座した、家斉公のみに向けられていた。

「続けよ、越中」

家斉公は動じることなく命じてきた。

「御意《ぎょい》」

重々しく答え、定信は言上し続けた。

「ご承知のとおり、日の本の大筒は諸外国に後れを取っており申す。撃ち放ちても敵に届かず、有事に際して用をなさぬ、有り体《あてい》に申さば戦国乱世の遺物にござる」

「越中守どの、それでは余りにも……」

老中の一人が口を挟む。

定信の薫陶《くんとう》を受けていない、新参の土井大炊頭利厚《どいおおいのかみともあつ》である。

「苦しゅうない。続けよ」

　家斉公が先を促した。

「届かぬならば、間合いを詰めるより他にありますまい」

「それで異国船を、品川沖まで誘い込もうということか」

「御意」

　定信は頷いた。

「したが品川は東海道中一の宿《しゅく》。混乱いたすは必定《ひつじょう》だぞ」

「その一の宿なればこそ、にございまする」

　疑義を呈した家斉公に定信は畳みかけた。

「品川宿《じゅく》の問屋場《といやば》には、腕っこきの人足どもがひしめいてござる」

「人足とな」

「畏れながら昨今の旗本御家人より、腕も度胸も遥かに立ちましょうぞ」

　勢い込んだ定信の言葉に、老中たちは声もない。

　家斉公のみ顔色を変えることなく、むしろ笑顔で耳を傾けていた。

「とは申せ、士分に非《あら》ざる者たちを矢面《やおもて》に立たせるわけには参りますまい。異国の兵が上陸するに及びし折は是非もござらぬが、それまではいくさに欠かせぬ、兵糧《ひょうろう》弾

薬を運ぶ任に徹させればよろしゅうござろう」

定信が献じた策は、すべて峰太郎の入れ知恵である。

異国船と一戦を交えることも辞さぬ気構えを示した際の、家斉公の反応を見るのが目的であった。

単なるごまかしで房総に台場を築かせただけならば、もはや普請を続けるには値しない。これまでの費《つい》えは無駄となるが、先の損失は防ぐことができる。

品川沖という提案が承認され、そちらを幕府が受け持つ運びとなったときは定信も腹を括《くく》り、二ヶ所の台場を完成させた上で警備の御用に勤しむ甲斐があるだろう。

白河十一万石ばかりが江戸湾の防備を、しかも有効性の低い普請を強《し》いられるのは無体が過ぎるというもの。

だが幕府も痛み分けとして費用を負担し、より有効な備えとして将軍家のお膝元であり、飛び地にして定信に委ねるわけにいかない、華のお江戸の品川沖に台場を築くというのならば、筋も通る。

峰太郎は左様に考え、定信に知恵を貸したのだ。

「お答えや、如何に」

説明を終えた定信が言上した。

「見上げた覚悟ぞ、越中」

返されたのは意外な答えであった。

「そのほうがそこまで思案の上ならば、房総に加えて普請を申しつけようぞ」

「う、上様」

定信が声を震わせる。

動揺を隠せぬ又従兄弟を、家斉公は笑顔で見返した。

「とは申せ、費えが持つまいよ」

「……御意」

答える定信は苦渋《くじゅう》の面持ち。

「ならば善き手を教えてつかわそう」

家斉公は笑みを絶やさずに言った。

「肥前より聞いた話によると、抜け荷を働く、不知火の百蔵なる者が居《お》るそうだ」

「抜け荷、にございまするか？」

定信の渋面に戸惑いの色が差す。

「その者と御台場普請の儀に何の関わりがございますのか」

「分からぬのか、越中」

家斉公は口許を歪め、浮かべる笑みが皮肉を帯びた。

「抜け荷はもとより天下の大罪。頭目はむろんのこと、一味はすべて死罪に処さねばならぬ。さすれば後に遺《のこ》りしものは、誰のものとなるのだ」

「……御公儀にござる」

「その儲け、新たな台場の普請の費えにすべて遣うがよい」

「上様」

「加賀が処した折には十万両近くになったそうだが、その百蔵が貯えは倍の二十万両に及ぶと申す。品川に台場を築き、兵を養うに十分足りるはずだ」

「上様、それでは盗《ぬす》っ」

利厚が思わず口を挟んだ。

「ぬっ、とは何じゃ。大炊」

家斉公が問い返す。

笑みが酷薄さを増していた。

盗っ人の上前と言いかけたのを、分かった上なのだろう。

「いえ……やはり品川よりも沼《ぬ》っ、沼津《ぬまづ》ではいかがでございましょうか」

「余計なことを申すでないわ」

家斉公は利厚を叱りつけた。

「越中が試案を重ねて参りしことに異を唱えるは、余が許さぬ」

「ははっ」

利厚は慌てて平伏する。

それを尻目に、家斉公は定信に視線を戻した。

「しかと励めよ、越中」

「……品川沖の御普請を、でございまするか」

「その前にすることがあるだろう」

家斉公は楽しげに言った。

「不知火一味はそのほうが手の者に捕えさせよ。さもなくば一文とて普請に廻すこと差し許さぬ。品川沖の件も反故《ほご》にいたす」

「上様、それは……」

「働かざる者食うべからず。己が志を叶える費えは、その手で摑め」

それだけ告げると、家斉公は席を立つ。

「上様」

「お、お待ちを」

老中たちが後を追う。

残された定信は声もない。

もはや、退《ひ》くことは叶わない。

命じられたままに抜け荷一味を捕らえるより他になかった。

五

「不知火の百蔵をお縄に、ですかい？」

上屋敷に戻った定信を迎えるなり、峰太郎は啞然とさせられた。

「上様の鶴の一声で、左様な次第と相成った……」

対する定信の声は弱々しい。

ここで苦言を呈するのは逆効果。

今は落ち着かせることを優先し、対策は改めて練るべきだった。

そのまま寝込んでしまった定信の許を辞去し、峰太郎は神田の屋敷に戻った。

折しも新之助が帰宅した頃合いであった。

常の如く秋乃と庭で木刀を交えているかと思いきや、打ち合う響きは聞こえない。我が子ながら生真面目すぎるほどの新之助がすっぽかすとは思えぬし、秋乃も月の障《さわ》りでない限り、一日とて欠かさぬはずだ。

峰太郎は首を傾げつつ、木戸門を押し開く。

徳利門番の重みで閉まる音を背中で聞きつつ、玄関に立つ。

渡る廊下の向こうから、新之助の怒鳴る声が聞こえてきた。

「馬鹿者め、恥を知れ、恥を！」

「お許しくだされ、兄上」

答える声の主は小次郎。

「落ち着きなはれ、旦那さまっ」

止める秋乃の切迫した声も聞こえる。

新之助の私室の前の廊下では春香と松三、おつるがおろおろしている。秋乃に続き止めに入ろうとしながらも、手を付けかねている様子だった。

「おいおい、雁首揃えて何事だい」

「お帰りなされませ父上。お迎えもいたさずに相済みませぬ」

気付いた春香は挨拶をしながらも、中の様子に気もそぞろ。

「何とかなすってくだせえまし、大殿さま」

「小次郎坊ちゃんが大変なんでございますよう」

松三とおつるが口々に訴えてくる。

峰太郎は黙って頷き、そっと春香を押し退《の》けた。

「俺だ。入るぜ」

一言告げて、障子を開く。

新之助は小次郎の胸倉を摑み、今にも殴りかからんばかりの勢いだった。

「どうしたんでぇ。がきの頃じゃあるめぇし、大人げねぇぞ」

「父上……」

「まずはその手を放しなよ。話を聞いてやるから」

「こ、心得ました」

新之助は恥じた様子で小次郎から手を離す。

対する小次郎は気まずい面持ち。

持ち前の自由奔放さは何処へやら、叱られた子どもの如くしょげ返っていた。

「義父上さま、どうぞ」

上座に着かせた峰太郎に、秋乃が茶を淹れてきた。

続いて新之助、そして小次郎の前に茶托を並べる。

並んで座った兄弟は、共に顔を伏せている。

峰太郎は二人が喧嘩をするたびにこうして並べ、説教をしたものである。

「すまねぇな」

峰太郎は秋乃に礼を述べ、飲み頃に淹れられた茶を喫する。

「お前たちも一服しな。どっちも喉《のど》が乾いてんだろ」

「……いただきます」

「……頂戴します、義姉上」

答える声もぎこちなく、新之助と小次郎は手を伸ばす。

途端に兄弟揃って顔を顰《しか》めたのは、熱すぎた碗のせい。

秋乃は二人の碗にだけ、煮え立った白湯《さゆ》を注いできたのだ。

「お仕置きや。残さず飲まんと承知せえへんで」

ぺろりと舌を出して見せ、秋乃は部屋を後にした。

「へっ……なかなかやるじゃねぇか」

峰太郎は笑顔で見送り、碗を乾す。

一方の二人は熱々の碗を冷ましながらも、口にするのに難儀をしていた。

「さて、話を聞かせてもらおうかい」

煮え湯を飲み乾すのを見届けると、峰太郎は二人に問うた。

「おぬしから申し上げよ」

「はい……」

新之助に促され、小次郎が口を開いた。

「こたびの火種は根岸のおじ上、いえ、南のお奉行にございまする」

「あの爺《じい》さん、俺の目を盗んで何ぞ頼んできたのかい？」

「安請け合いをして申し訳ありません」

「そいつぁいいさね。いつまでも俺頼みにさせといたんじゃ、あの爺さんのためにもならねぇからな」

「されど父上、こたびは狡猾《こうかつ》にすぎまするぞ」

新之助が口を挟んできた。

端整な顔を強張らせ、憤懣やるかたない様子。今は小次郎の迂闊さよりも、南のお奉行こと鎮衛に対して憤っているようだった。

「そんなに怒るなって。どうせ殊更《ことさら》に頭を下げて拝み倒しやがったんだろ」

「父上、どうしてそれを？」

「あの爺さんのやり口はもとより承知さね。下手《したで》に出たと見せかけて、ほくそ笑んでやがったに違いねぇよ」

「まるで気付きませんでした……」

小次郎は愕然とした面持ち。

鎮衛の芝居がそれほど巧みだったということだ。

「これからは用心しな。古狸《ふるだぬき》はもちろん女にも、そういう手合いはごろごろ居《い》るぜ」

驚く小次郎に苦笑を返し、峰太郎は続けて問うた。

「で、爺さんはどんな難物を持ち込んできたんだい」

二人並べて反省させはしたものの、新之助はもとより小次郎を責める様子は皆無。

鎮衛が持ちかけてくる事件など、峰太郎にとって物の数ではないからだ。

老いても壮健で一向に引退する気配を見せない、鎮衛との腐れ縁を今後も続けざるを得ないとあれば、小次郎に奮起してもらわねばなるまい。

定信のことで手が離せぬとはいえ、助言することは可能である。

せいぜい報酬をふんだくり、多少なりとも定信に献上できればいい。

そんな考えを巡らせていた峰太郎の耳を、小次郎の思わぬ言葉が打った。

「抜け荷一味の捕縛にございまする」

「抜け荷、だと？」

「不知火の百蔵なる者を頭目とする、手強き一味とのことにございまする」

「………」

峰太郎は絶句する。

まさかその名を同じ日に、二度まで聞かされるとは思ってもいなかった。

第五章　書役《かきやく》は筆を誤った

一

朝の空は今日も明るく晴れ渡っていた。

神田川を吹き渡ってきた風が、湯島の森の木々を揺らしている。

結城家の屋敷の庭でも、四本のもみじに茂った緑の葉が香《かんば》しい。

しかし、出仕していく新之助の表情は浮かない。

「行ってらっしゃいませ、旦那さま」

「うむ……」

「お早いお帰りを……」

送り出す秋乃の表情も、いつもと違って精彩を欠いていた。

庭では虎麻呂が独り、黙々と木刀を振っている。

屋敷を抜け出して岡場所にしけ込んでいた虎麻呂は、昨夜の顚末を知らなかった。

江戸に居着いて二年目となる虎麻呂は、色町でなかなかモテる。あどけない童顔をしていながら馬並みと評判になり、地回りの連中も一目《いちもく》置くほどであった。

昨夜も秋乃の目を盗んで歓を尽くし、帰宅したのは峰太郎の話が済んだ後のこと。

子細こそ与《あずか》り知らぬものの、様子がおかしいのはすぐ分かった。

しかし秋乃ばかりか新之助と小次郎も、そして春香らも何ひとつ教えてくれない。

「どないしたんやろ、一体……」

一人だけ蚊帳《かや》の外に置かれた態《てい》の虎麻呂は、複雑な面持ちで素振りを続ける。

そこに小次郎が姿を見せた。

常の如く目上の旗本たちと時間をずらし、柳生家の道場に赴《おもむ》くためだ。

「待たせたな、虎さん」

「ほな、行きましょか」

言葉少なに応じると、虎麻呂は縁側に用意していた蟇肌竹刀《ひきはだしない》と稽古着を担ぐ。

今日の小次郎は、朝の自稽古をしていない。

新之助ともども起床したのは常より遅く、松三も起こそうとはしなかった。

やはり何かがおかしいが、問い質《ただ》すのも躊躇《ためら》われる。

朝の明るい陽射しの下、二人は並んで歩いていく。

昌平橋《しょうへいばし》を渡りゆく足の運びも、いつになく遅いものであった。

「……小次郎はん」

沈黙に耐えかねた虎麻呂が口を開いた。

「何だい、虎さん」

小次郎が歩きながら向き直る。

努《つと》めて快活に振る舞おうとしているのが痛々しい。

「いえ、何でもあらしまへん」

虎麻呂は首を振り、再び前を向いて歩き出す。

難事件を解決せざるを得ない、さりとて、みだりに口外できない結城家の男たちが抱える苦悩を、この若く陽気な京男は未だ知らずにいた。

二

峰太郎が屋敷を後にしたのは、それから少し経ってからだった。

倅たちが出かけたのを見計らい、独り向かった先は南町奉行所。

午前は御城中で執務するために登城する、鎮衛の出立にはぎりぎりのところで間に合った。

「な、何じゃ結城、斯様な時分に？」

「なーに、お手間は取らせやせんよ」

動揺を隠せぬ鎮衛の先に立ち、峰太郎は玄関脇の客間に向かう。

町奉行所の奥に設けられた役宅には鎮衛の家士が内与力《うちよりき》として詰め、目を光らせているのも承知の上だった。

「おぬしと儂の仲とは申せど、無礼が過ぎるぞ」

「へっ、今さら体裁なんぞ気にしなさるんですかい」

鎮衛が文句を言うのを意に介さず、峰太郎は切り出した。

「うちの豚児が呆れてましたぜ。いい年をした、それも巷《ちまた》じゃ名奉行って評判の根岸肥前守さまともあろうお方が出鱈目三昧《でたらめざんまい》たぁ、世も末だってね」

「な、何を申すか」

「とぼけねぇでおくんなさい。不知火とかって一味のことを上様に吹き込んで欲ボケにさせちまったこと、疾《と》うにネタは上がってやすぜ」

「さ、左様な大事を誰から聞いた」

「そんなこたぁどうでもいいでしょう。とにかく、今度の話はお断りでさ」

「こ、断るとな？」

鎮衛は茫然として峰太郎を見返す。

対する峰太郎の表情は冷ややか。

「お前さんに手柄を立てていただくのはやぶさかじゃねぇが、上様に取り入りなさる手伝いまでは御免でさ。そういうことはご配下の尻を引っぱたいて、ご自分で何とかなすっておくんなさい」

「ま、待て結城っ」

鎮衛が思わず手を伸ばす。

「今日も御城に登んなすったらご存分に、上様のご機嫌取りをなすってくだせぇ」

構うことなく、峰太郎は席を立った。

「どうもどうも、とんだお邪魔をしちまってすみやせんでしたねぇ」

何も知らずに憮然と見送る内与力衆にお愛想を言いながらも、足の運びは速い。

まずは鎮衛の出足を挫《くじ》いた上で息子たちと協力し、定信が不知火一味を捕縛できるように事を急ぐ所存であった。

三

続いて峰太郎が足を運んだのは、龍ノ口の評定所。

途中でゆるりと蕎麦《そば》を手繰《たぐ》り、新之助の午前の執務が一段落するのを見計らってのことだった。

「よぉ、ご苦労さん」

「ち、父上」

「すまねぇなぁ浜口、ちょいとうちの豚児を借りるぜ」

驚く新之助に構わず市兵衛に断りを入れ、次の間に引っ張っていく。

「何となされたのです、斯様なところまで」

「勘弁しな。お前さんの勤めが終わるまで待っちゃいられなくってな」

「……何事でございまするか」

「ゆんべの話の続きだよ」

「その儀ならば、まずは南のお奉行を」

「そっちはさっき断りを入れてきたよ」

「昔の恩でいつまでも勝手をさせとくほど、俺も甘くはねぇってことさね」

「お見それいたしました、父上」

「これで心置きなく越中守さまに手柄を立てさせられるわけだが、お前さん手伝ってくれるかい」

「小次郎は何となされますのか」

「もちろん尻を引っぱたくさね。愛宕下《あたごした》まで足を延ばして、稽古かたがた性根を叩き直してやった上で、な」

「こたびの不始末、そのぐらいなされたほうがよろしいでしょう」

「で、お前さんは手伝ってくれるのかい？」

「それはもう、是非には及びませぬが、抜け荷の探索となりますと我らだけでは手が足りますまい」

「そうだなぁ。また虎さんに一丁嚙んでもらうにしても、やっこさんはまだまだ江戸には不慣れだからな。小次郎の手伝いぐらいしか当てになるめぇ」

「されば、川崎八郎に声をかけましょうぞ」

「前に手伝ってくれた、あの若い書役かい」

「あの折は動けぬそれがしの代わりに如才のう動いてくれました。小次郎も感心しておりました故」

「そうかい。あの若いのなら安心だな。日本橋の大店《おおだな》あがりだし、調べを付ける手蔓《てづる》も不足はあるめぇ」

「されば本日の御用が退《ひ》け次第、屋敷を訪ねて参ります」

「そうだな。俺とお前さんだけならともかく、この場で他人さまを引っ張り込んで話をするわけにはいくめぇよ」

「お任せくだされ」

「頼んだぜ」

　笑顔で請け合う新之助に微笑み返し、峰太郎は立ち上がる。

　当の八郎が次の間の外で息を潜め、やり取りを盗み聞いていたことには迂闊にも気付かずにいた。

四

　八郎が養子入りした川崎家の屋敷は、参吾が当主の波野家の近くに在る。

自ずと出仕する際には顔を合わせる折も多いが、帰りはまず一緒にならない。参吾は連れがいようといまいと、必ず一献《いっこん》傾けた後に帰宅するからだ。

「波野さまはだらしのうございますねぇ、八郎さん」

今日も帰宅するなり、義理の母の典江《のりえ》が悪口を言い出した。

「左様なことを申されますな、義母上《ははうえ》」

「よろしいじゃありませんか、本当のことなのですから」

憮然とするのを意に介さず、典江は言った。

着替えを手伝いながら触れてくる、指の動きがいやらしい。

そこに怒りを露わにした声が聞こえてきた。

「まぁ姉上、また八郎さんのお邪魔をしておられるのですか！」

憤然と部屋に入ってきたのは、典江の妹の希恵《きえ》。

嫁いだ旗本に離縁され、実家でも邪魔者扱いをされると姉の許に転がり込んできてから、早くも一年が経とうとしている。

八郎にとっては小姑《こじゅうと》といったところだが、肝心の嫁はまだ居ない。良い縁談が何度持ち上がっても、なぜか立ち消えになってしまうからだ。

原因がこの二人にあることは、すでに八郎も気付いていた。

隠居である義理の父は、いい年をした妻とその妹が八郎に盛んに色目を遣っていても注意をしない。気付かぬはずがない以上、見て見ぬふりとしか思えなかった。

八郎は実家の呉服問屋で若旦那と呼ばれていた頃、吉原《よしわら》通いや芸者遊びで女の扱いには慣れている。

希恵のことも不憫《ふびん》に思い、なまじ構ってやったのがまずかった。

今ではすっかり誤解して、何とか縁付こうと躍起になっている。そんな妹に典江は悋気《りんき》し、夫をそっちのけにして鼻息を荒くしている始末であった。

「さぁ八郎さん、お夕飯にいたしましょう」

「今夜はわたくしがお菜《さい》を拵えましたのよ。たんと召し上がってくださいましね」

べたべたしてくる女たちに辟易《へきえき》しながら文句も言えず、八郎は廊下に出た。

「御免」

そこに、訪いを入れる声が聞こえてきた。

「どなたでしょうかね、不躾《ぶしつけ》な……」

典江がぶつくさ言いながら玄関に向かう。

「どうされましたの、八郎さま」

「失礼します。御用の件やも知れませぬ故」

八郎も希恵を押しのけ、後に続いた。

「夜分に失礼つかまつる」

案の定、玄関先に立っていたのは新之助だった。

「それがし御評定所にて勘定留役を務め居り申す、結城新之助にござる。お義母君にござるか」

「はい、左様にございまする」

美男の新之助を目《ま》の当たりにして、典江はたちまち恵比寿《えびす》顔。

懲《こ》りずに八郎にくっついてきた希恵も、厚化粧の顔をほころばせている。このまま屋敷に上げれば二人して、しつこく絡んでくるのが目に見えていた。

「結城さま、表に出ませぬか」

「構わぬのか、おぬし」

「すぐに着替えます故、お待ちくだされ」

戸惑う新之助に告げるなり、自室へと急ぎ戻る。

峰太郎とのやり取りを盗み聞きしていたとは気取《けど》られぬように話を聞き、喜んで事を引き受ける所存であった。

八郎は新之助を昔馴染みの料理茶屋に連れていった。

実家の父と兄も贔屓《ひいき》にしており、勘定は心配無用とのことである。

「こちらの離れでしたら気兼ねなく、お話を伺えますする」

「左様か」

新之助は八郎の思惑に気付かぬまま、幸いとばかりに端整な顔をほころばせる。

慎重に打ち明けた話に、八郎は興味津々《しんしん》の様子であった。

「成る程、抜け荷の一味ですか」

「こたびは父上が越中守さまの御用にかかりきりとあって、小次郎も難儀をしておるのだ。まして事が抜け荷とあっては、どこから手を付ければ良いのか、私にも見当がつかん。故に実家仕込みの、おぬしの知恵を借りたいのだ」

「心得ました。ご存分にお使い立てくだされ」

「かたじけない」

「さ、せっかくでございます故、ご一献」

「程々に願うぞ」

安堵の笑みを浮かべた新之助は、快く八郎の酌を受ける。

すべて先に知られているとは、思ってもいなかった。

五

自分は評定所勤めよりも、捕物御用が性に合っているらしい。

着手して早々に、八郎はそう実感していた。

「木を隠すには森の中、荷を隠すならば蔵でございます」

小次郎と虎麻呂に同行した八郎は、自信を込めて語ったものだ。

「その蔵に荷を運ぶのは船と車でございますが、怪しいからといちいち追っても埒《らち》が明きません。なればこそ、こうして記録を当たるが早道なのです」

「さすがだなぁ、八郎さん」

「ほんまですわ」

若さと体力に任せて足で稼ぐのを専《もっぱ》らとする二人に感心されつつ、八郎が検証したのは荷を請け負う問屋の帳票類。

もちろん誰でも見せてもらえるわけではないが、そこは日本橋で指折りの呉服問屋である、実家の信用が物を言う。

抜け荷に限らず、いわく付きの品は見るからに怪しい方法で流通しているわけでは

ない。売り買いこそ秘密裡であっても一般の経路、江戸ならば大川《おおかわ》を中心に巡る大小の運河を船で、または五街道に繋がる道を荷車もしくは飛脚《ひきゃく》によって、携わる者たち自身も分からぬうちに運ばれていると、八郎は踏んだのである。

　実家の呉服問屋でも抜け荷にこそ手を出してはいないが、御公儀の奢侈《しゃし》禁制により表立っては売り買いできなくなった品々を客の求めに応じ、秘かに調達して提供することはやっている。なればこそ、こたびも察しがついたのだ。

　店の上客に関わることともっともらしい理由をつけ、八郎は着々と調べを進めた。

　しかし、この世は好事魔多し。

　小次郎らと別行動で船宿を訪ねて回った帰り道、船頭さながらに日に焼けた男たちに付けられていることに、八郎は気が付かなかった。

六

　日本橋の南詰近くの通町《とおりちょう》に、一軒の飛脚問屋が在る。

　その屋号は大坂屋《おおさかや》。幕府御用の文書を運ぶ定《じょう》飛脚を仰せつかる大店にして、江戸の経済を牛耳《ぎゅうじ》らんとする男の家でもあった。

「これはこれは結城のご隠居さま、お久しぶりにございまする」

「よお、しばらくだったな」

突然訪ねた峰太郎に、その男は如才なく挨拶をした。

その名は茂十郎。奉公先の大坂屋に婿入りして商いを立て直す一方、菱垣廻船《ひがきかいせん》で荷を運ぶ商人たちをまとめ上げて、十組問屋《とくみどいや》を設立した大立者だ。

今や大坂屋の商いは家付き娘である女房の弟に任せており、十組問屋を肝煎《きもいり》として切り盛りすると同時に三橋会所の頭取を兼任して、幕府との繋がりも強い。

この茂十郎と峰太郎は、持ちつ持たれつの間柄。

なればこそ峰太郎も遠慮せず、突然の訪問に及んだのだった。


「型通りの挨拶なんぞ、このぐらいでいいだろうよ」

「恐れ入りまする」

「今日はお前さんに尋ねたいことがあってな」

奥の一室に通された峰太郎は、ずばりと問うた。

「抜け荷ってのは、そんなに儲かるもんなのかい」

「抜け荷にございまするか。当節はさほどではありますまい」

「どうしてだい」

平然と答えた茂十郎に、峰太郎は驚かなかった。

あるいはこの茂十郎が黒幕ではないかと見なしての訪問でもあるからだ。

そんな峰太郎の思惑を知ってか知らずか、茂十郎は澱みなく語った。

「かの朝鮮人参《ちょうせんにんじん》も八代様こと吉宗公のご尽力によりまして、御種人参《おたね》として日の本に根付いて久しいことはご存じでしょう。それに昨今はご当代の上様の大《おお》らか極まる御政道のおかげをもって、だいぶ御禁制も緩みました故……」

「成る程なぁ。海の向こうから来たもんってだけで有難がる、蘭癖《らんぺき》ってやつでもない限り、好んで手を出すことはねぇってわけか」

「そうは申せど命知らずの者どもにしてみれば、危ない橋を渡る甲斐のある商いではございましょう」

薄く笑った茂十郎は、思わぬことを言い出した。

「ご隠居さまは、飼い犬に手を噛まれたことがございますか」

「生憎《あいにく》と犬を飼ったことはねぇが気持ちは分かるぜ。可愛さ余って憎さ百倍ってやつだろう」

「左様……まこと、腹立たしきことにございまする」

「何でぇ愚痴か。俺で良ければ聞いてやるぜ」

「かたじけのう存じ上げます」

茂十郎は一礼し、滔々《とうとう》と語り始めた。

「手前の最寄りの太物《ふともの》問屋に、五十吉《いそきち》という次男坊が居りました。この五十吉、商家の倅にしておくには惜しいほど気骨がありまして、剣術も流行りの竹刀打を好まず、昔ながらの木刀での組太刀《くみだち》を専らとする道場に通い、腕を磨いておりました。ところがその気骨が災いし、お旗本のご子息を半殺しにしてしもうたのです」

「そいつぁまずかったな。町方なら死罪とまではいくめぇが、相手の屋敷に連れてかれたら素っ首刎《は》ねられてお陀仏《だぶつ》だ」

「左様でございましょう。手前が仏心《ほとけごころ》を出し、船を都合して蝦夷地へ落ち延びさせてやりましたのも、犬死にさせるは惜しいと思えばこそでございました」

「お前さんが仏心か。そいつぁ珍しいことだったな」

そうつぶやくや、峰太郎は茂十郎に問うた。

「で、その五十吉が今じゃ不知火の百蔵ってオチなのかい?」

「さすがはご隠居さま。お察しがよろしゅうございまするね」

「てやんでぇ。お前さんは裏切られた意趣返しに、そいつを御用にさせてぇってこと

なんだろ」

「左様にございます。近頃は、ちとやりすぎておりますれば」

「それで南町に投げ文までしたってわけかい」

「念には念を、でございます」

「相変わらず、抜け目がねぇな」

「恐れ入りまする」

茂十郎は何食わぬ顔で頭を下げる。

「ご隠居さま、いかがでございますかな」

「烏賊《いか》も蛸《たこ》もありゃしねぇ。こいつぁ元々乗りかかった船なんでな、お前さんから頼まれるまでもなく、とっ捕まえるつもりだぜ」

「されば何卒《なにとぞ》、私のことはご内密に……」

「仕方あるめぇ。いい話を聞かせてもらった見返りってことにしておくぜ」

「かたじけのう存じまする」

二人は静かに笑みを交わし合った。

そこに息せき切った声が聞こえてきた。

「ち、父上っ」

「え、えらいこっちゃ！」

「何でぇ虎さんまで、人さまんとこで無礼が過ぎるぜ」

揃って駆け込んできた小次郎と虎麻呂を、峰太郎は呆れた顔で見返した。

その顔色が変わったのは、小次郎に耳打ちされた後のこと。

「……大坂屋、ひとつお前さんに借りを作ってもいいかい？」

「さて、何でございましょう」

「船を一艘、用立ててもらおうか」

「船、でございまするか」

「お前さんが御用にさせてぇ野郎を調べていた御評定所の若いのが捕まった……どうあっても身柄を取り戻さなくちゃなるめぇよ」

七

八郎が意識を取り戻したのは、揺れる船の中だった。

かなり大きな船である。

横たえられた傍らには、幾つもの樽が積まれている。

元は廻船だったのに手を加えたものらしい。

「ううっ……」

若旦那と呼ばれていた頃、吉原通いで猪牙《ちょき》には乗り慣れた八郎である。

しかし、この揺れは耐え難い。

よろめく足を踏み締めて、八郎は梯子段《はしごだん》を上りゆく。

船上には見覚えのある男が立っていた。

「よぉ、気が付いたかい」

「い、五十吉兄《あに》さん……」

「今は百蔵って名乗ってるんだ。これから先は間違えねぇでいてくんな」

船頭姿も勇ましく、昔と変わらぬ笑顔で告げてきたのは年嵩《としかさ》の幼なじみ。

何不自由のない太物問屋の倅だったのが事件を起こし、姿を消して十余年。

思いがけない再会であった。

八

茂十郎は早々に、北へ向かう船を手配してくれた。

百蔵こと五十吉に根城として提供した、屋敷の在る場所まで教えてくれた上のことである。

「箱館《はこだて》か……。蝦夷地の中じゃ入り口だそうだが、それにしても遠いなぁ」

「しっかりしなはれ小次郎はん。決めたからには行くしかありまへんやろ」

縁側で地図を眺めてぼやく小次郎を、虎麻呂は叱咤《しった》する。

蝦夷地を含めた日の本の全図は、峰太郎から借り受けたもの。

元は定信の私物であり、みだりに人には見せられぬものである。

「よし、腹ぁ括っていくとしようかい」

「その意気でっせ」

小次郎の奮起に虎麻呂は笑顔で応じる。

共に峰太郎に同行し、八郎を助け出すのだ。

「小次郎はん、それ何ですの」

虎麻呂が怪訝《けげん》そうな声を上げた。

地図を畳んだ小次郎が、妙な刃物を持ち出したのだ。

「念のための、手裏剣《しゅりけん》代わりだよ」

「それ、小柄《こづか》ですやろ。そんなん碌《ろく》に飛びまへんで」

「違うよ。こいつぁ馬針《ばしん》ってんだ」

「ばしん？」

「知らねぇのかい。馬の針と書いてのとおり、遠乗りなんぞで疲れさせちまった馬の脚《あし》から血を抜いてやるためのもんさ。両刃《もろは》で調子もいいから、ほれ、このとおり」

告げると同時に小次郎は刃物を一閃させる。

次の瞬間、刃物は庭のもみじに突き立った。

「その木だったらいいだろうよ」

小次郎は自慢げにつぶやいた。

新之助と春香、そして秋乃の木を避けて、自分の誕生木《もく》を狙ったのだ。

「やりまんなぁ」

思わぬ余技の腕前に、虎麻呂は感心しきり。

こちらも来《きた》る戦いに向け、新たな得物《えもの》を用意していた。

「虎さん、本気でそいつを持っていくのかい」

「なかなかのもんでっしゃろ」

「そのとおりだが長すぎだろ。幾ら船旅だからって、それじゃ万が一ってときに持ち出すこともできねぇだろうよ」

「そんときはそんときですわ」

さばさばと答える虎麻呂が調達してきたのは、刃長が三尺（約九〇センチ）余りの大太刀《おおだち》。馴染みになった古道具屋で目を付けたものの金が足りず、小次郎が足し前をしてやった一振りであった。

そして出立の日が訪れた。

しかし、新之助は同行するわけにはいかない。

旗本の当主である以上、勝手に江戸を離れることは許されぬからだ。

「じゃ、後を頼むぜ」

「行って参ります、兄上」

「姉上を頼んまっせ」

峰太郎、そして供の二人を送り出す新之助は複雑な面持ち。

それでも勤めは休めない。

「旦那さま」

玄関先で見送る秋乃は案じ顔。

「大事ない……行って参る」

足取りも重く、新之助は龍ノ口へと足を向けた。

評定所の訴所は、朝から騒ぎになっていた。

「お願いいたします！　八郎さんを探してくだされっ」

「さ、早うご手配を!!」

「訴えるところをお間違えにござる……」

典江と希恵の駆け込み訴えのしつこさに、陸三は困惑していた。

傍らの勘七も苦りきった面持ちである。

こういうとき、遠慮なしに言い返せるのは参吾であった。

「おい婆さん、色ボケもいい加減にしておきな」

「い、色ボケですって？」

たちまち典江はいきり立った。

「は、八郎さんが、左様に申しておられたのですかっ」

「馬鹿かあんたは。あの堅物が義理でも身内の恥を言うわけねぇだろ」

参吾は鼻で笑って言った。

「目は口ほどにってやつでな。近所はみんな、お前さんが若え養子《わけ》に色目を遣ってた

のを承知の上だい」

絶句したのを尻目に、参吾は希恵に向き直る。

「何だその面《つら》、猩《しょう》々《じょう》の仮装かい？」

「だ、誰が猩々ですかっ」

「見たまんまじゃねぇか。見世物小屋なら、両国《りょうごく》だぜ」

「きーっ！」

「ははは、地を出しやがった」

金切り声にも動じることなく、参吾はにやり。

日頃の陰口の仕返しを兼ねて、懲らしめるのに余念がなかった。

九

参吾に言い負けた典江と希恵は、互いに罵《のの》り合いながら帰っていった。

「ちと言いすぎだぞ、波野」

「まったくですよ。あの勢いでは恥を掻かされたと、御目付筋に訴え出るのではありませんか」

「心配するなって。それこそ恥の上塗りだろうぜ」

陸三と勘七が案ずるのをよそに、詰所に引き上げていく参吾は上機嫌。

その詰所では新之助が市兵衛に、思わぬことを願い出ていた。

「ご無理を承知で願い上げます。しばし御暇《おひま》を頂戴できませぬか」

「暇《いとま》だと？」

「川崎……いえ、八郎を連れ戻しに参りたく、伏してお願いつかまつりまする」

唖然とする市兵衛に、新之助は深々と頭を下げる。

そこに参吾が無言で割り込む。

「波野どの？」

「それがしからもお願い申し上げまする、御組頭さま」

「右に同じにござる」

「わ、私も！」

すかさず後に続いたのは、陸三と勘七。

軍次郎と範五郎も、黙って頭を下げる。

見れば他の留役ばかりか書役と書物方の面々も、その場で膝を揃えていた。

「……相分かった」

市兵衛は重々しく口を開いた。

「あやつの扱いはおぬしに任せる。好きにいたせ」

「かたじけのう存じ上げまする」

新之助は重ねて頭を下げた。

たとえ八郎を連れ帰ったところで、評定所に復職させることは叶うまい。書役の分《ぶん》をわきまえず、捕物御用に関わった末のことだからだ。

しかし、発端を作ったのは新之助。

この責任は取らねばなるまい。

川崎家と縁切りをさせるのは当人にとっても望ましいことだろうが、さりとて日本橋の実家も受け入れてはくれぬだろう。

それでも、放っておくわけにはいかない。

八郎は新之助、そして一同にとって、同じ釜の飯を食ってきた仲間なのだ。

「安心せい、結城」

帰り支度を始めた新之助に、参吾が告げてきた。

「八郎が生きて戻った暁には、俺の家で雇うとしよう」

「止《や》めておけ……」

「まったくですよ。奥方さまが惚れてしまわれたらどうするんです？」

「やかましいわ！」

騒々しい三人組をよそに、範五郎が懐紙の包みを新之助に差し出した。

「少ないが我らの寸志だ。路銀の足しにしてくれ」

「かたじけない、山岡どの」

続いて軍次郎が取り出したのは、白い錦に包まれた御札であった。

「関東郡代留役の御用を務めおりし頃に授かった三峰《みつみね》さまの御守札だ。霊験《れいげん》あらたかな三峰山の神狼《しんろう》が付いておれば、蝦夷の羆《ひぐま》も容易には近づけまいぞ」

「有難く頂戴いたしまする」

新之助は伏し拝み、御守を懐に収める。

皆の心意気に応えるためにも、生きて八郎を連れ帰る所存だった。

十

神田の屋敷に急ぎ戻った新之助は、足音を忍ばせて私室に入った。

家族に気付かれることなく、箱館を目指して旅立つためである。

幸い松三は使いに出たらしく、姿が見えない。

春香とおつるは台所となれば、秋乃も一緒に居るはずだ。

新之助は手早く支度を調えた。

編笠に打裂《ぶっさき》羽織。動きやすく細身に仕立てられた野袴《のばかま》。

火打石と火打鉄《がね》に、刀を手入れする道具も欠かせない。

その他、最低限の品々をまとめたのは腰に巻いて携行する武者修行袋。

新之助が最後に手に取ったのは、日頃は帯びない本身の一振りだった。

武士の心得で常に帯びる脇差はもとより真剣だが、こたびの戦いばかりは斬れぬ刃引きでは通用すまい。

「……許せ」

「いえ、許しまへん」

告げる声と同時に、障子が開いた。

「そ、そなた」

「旦那さまの考えはることは、ぜんぶお見通しですよって」

驚く新之助に廊下から微笑み返す秋乃は旅姿。

江戸に下ったときと同じ、凛々《りり》しい男装である。

武具の備えは一振りの太刀と、杖を兼ねた長柄《ながえ》であった。

「こないすると、長巻《ながまき》になりますねん」

替えの柄の頭《かしら》に仕込まれた、留め具を見せる顔は得意げ。

「まったく、そなたには敵《かな》わぬよ」

新之助は呆れ交じりに頭を掻く。

男勝りな嫁の申し出に困惑しながらも、頼りにしている自分に気が付いていた。

第六章　毒を食らう若旦那

一

抜け荷船の中で八郎は独り、することもなく座っていた。

大小の二刀を取り上げられ、袴まで脱がされた着流し姿。その着流しの裾を八郎は乱すことなく、板敷に両の膝を揃えている。

捕えられはしたものの、見張りは付けられていなかった。

船の外からは波の音が絶えず聞こえてくる。

すでに外海へ出たらしく、船の揺れは大きい。

それでいて、沈む不安はまったく感じさせない。

波に翻弄《ほんろう》されるばかりではなく、確実に進んでいると分かるからだ。

川船には乗り慣れている八郎だが、海に出たのは初めてのこと。

その八郎が安心していられるほど、船の進みは力強かった。

舵《かじ》を取り、帆を操る船頭たちが優秀なのか。

あるいは、船の造りそのものが頑丈なのか。

その両方だろうと八郎は判じた。

揺れに気を付けながら歩き出す。

武士の証しの二刀と袴こそ失神している間に取り上げられたが、板銀《いたぎん》に加えて小判まで収めてあった紙入れには一切、手を付けられてはいない。

いちいち中を検《あらた》めずとも、上から触れば分かることである。

「そんな心配は無用だぜ。お前の懐を狙うような半端野郎は、この船にゃ一人も乗せちゃいねぇよ」

「あ、兄《あに》さん」

懐手で紙入れを探っていたところに、親しげに告げる声がする。

「さすがは若旦那、まだ船に酔っちゃいねぇらしいな」

「……………」

百蔵を黙って見返す八郎は、紙入れを触っているのを見られた気まずさよりも、戸

惑いが先に立っていた。

抜け荷一味を追っていて捕まった先に、どうして幼なじみがいるのか。

しかもなぜ、平然と一味を率いているのか。

今は不知火の百蔵だと名乗られたところで、納得できるはずもなかった。

目の前で微笑む男は八郎にとって、あくまで五十吉という男でしかない。

よちよち歩きだった頃から可愛がられ、剣術道場に入門してからは良き先達《せんだつ》として手ほどきを受け、実の兄より慕って止《や》まずにいた、七歳上の幼なじみであった。

「どうしたどうした、まだ鳩《はと》が豆鉄砲を食らったみてぇな面《つら》ぁしているぜ」

黙り込んだ八郎に、五十吉は苦笑交じりに告げてくる。

「ま、訳が分からねぇのも無理はないやな。何がどうして俺がこうなったのか、見当もつかねぇんだろ。そりゃそうだよな」

自嘲しながらつぶやく五十吉の顔は赤銅色《しゃくどういろ》に焼けている。

海の上で多くの時を過ごし、忙しく立ち働く日々を重ねて来なければ、ここまで日焼けはしないだろう。

「……兄さんは御府外のどこかで、太物商いのお店《たな》の入り婿《むこ》にでも収まっておられるものと思っておりました」

八郎はぼそりとつぶやいた。

「ははは、今の俺と全然違うじゃねぇか。どうしてまた、そう思ったんだい？」

笑い飛ばした上で、五十吉が問いかけた。

「賭場《とば》に出入りして親父さんを泣かせながらも商いの手は抜かず、先が楽しみだって評判の目利きでいらしたからですよ。その上に男っぷりも良いと来たら、少々訳ありでも大抵のお店は放っておかないでしょう」

「そいつぁ買い被《かぶ》りってもんだが……。そうだな、そういう生き方も有りだったかも知れねぇなぁ」

屈託《くったく》なく八郎に答えながらも、五十吉は遠い眼差し。

「兄さん」

そんな五十吉を見返す八郎も、過去に想いを馳《は》せていた。

八郎の実家と同じ日本橋に店を構えていた、五十吉の生家は太物問屋。

太物と呼ばれる木綿《もめん》の織物を諸国の産地から仕入れ、小売りに卸《おろ》すのが生業《なりわい》だ。

当然、品物の良し悪しを見抜く目が必要とされたが、五十吉は次男坊でありながら跡取り息子の兄よりも上の目利きと評判であった。

商人はもちろん客も見る目の厳しい日本橋の界隈で将来を嘱望されたのは、太物の

目利きだけではない。

八郎が評したとおり、五十吉はなかなかの男前。

それも大店の若旦那には珍しく苦み走った風貌で、店に出ていると隣近所ばかりか他の町々からも年頃の娘が大勢押しかけ、見飽きた生《なま》っ白《ちろ》い男どもとは別物の野性味溢れる風貌を一目《ひとめ》だけでも拝みたいと、店先で鈴なりになっていたのが懐かしい。

「兄さんさえその気になれば、あの頃から婿入り先は幾らでもあったでしょうね」

絶えず揺れる船の中、五十吉の向かいに座った八郎は懐かしそうにつぶやいた。

「へっ。そんなの考えたこともなかったよ」

照れ臭そうにしながらも、五十吉は微塵《みじん》も悔いてはいない様子だった。

ここで後悔の色を滲ませるようならば、見る目の厳しい日本橋の町娘たちが五十吉の気を惹こうと躍起になりはしなかったことだろう。

人の顔には男女の別なく、性格が出る。

五十吉が少年の頃から周りの子どもより精悍な面構えをしていたのは、負けん気が並外れていたが故のこと。

その生来の負けん気に磨きをかけたのが、小遣いを稼ぐことより勝ちにこだわって賭場に通い詰めた丁半博打《ちょうはんばくち》と、剣術の修行であった。

元号が文化と改まった後の江戸市中では町人が剣術を学ぶのを禁じられ、どうしても学びたければ大川を渡った先で町奉行所の監視が行き届き難い、本所《ほんじょ》・深川《ふかがわ》界隈の道場に入門せざるを得ないが、五十吉が十代だった当時は規制が緩く、町家の子どもも武家の子弟と木刀あるいは竹刀を交え、切磋琢磨《せっさたくま》することが可能だった。

「兄さんの手、相変わらずですね」

何気なく八郎がつぶやいた。

五十吉は胼胝《たこ》が盛り上がった手のひらを上に向けて指先のみを軽く曲げ、あぐらをかいた腿《もも》の付け根に置いていた。力士が座ったときに取る体勢と似ている。

「今も素振りを欠かしておられぬのですか」

「気が向いたときぐらいだよ。こいつぁ舵取りでこさえたもんさね」

「それにしては、処《ところ》も同じようですが……」

「手の内ってのは相通じるもんなんだろうよ。剣術も船《ふな》仕事も、な」

「そういうものですか」

「そういうもんだ」

五十吉の言葉には実感が込められていた。

「お前のほうはどうなんだい。まだ道場通いをしてんのか」

「あれから別の道場に移りましたが、そちらも辞めさせていただきました」

「もったいねぇな。いい筋してたのに」

「……養子入りした家の母御に止められたのです」

八郎は恥じた様子で答える。

「竹刀ならばともかく木刀を交える稽古になど血道《ちみち》を上げて、書役御用に欠かせぬ指を損ねたらどうするのかと」

それは咄嗟《とっさ》に吐《つ》いた嘘だった。

本当は典江から、

『お前さまの可愛いお顔に傷でも付いたら取り返しがつきませぬ！』

と涙ながらに掻き口説《くど》かれてのことだったのだが、さすがに口には出せなかった。

「そうだったのかい。三河《みかわ》以来の御直参が聞いて呆れるなぁ」

五十吉は子細まで問うことなく、苦笑を返した。

今の八郎の立場は、すべて承知の上なのだろう。

川崎家が御家人ながら結城家などとは違って三河以来、つまり将軍家となる以前から徳川に仕えていたとは分かるはずがない。抜け荷一味を追いつめていたつもりが、逆にこちらの動向ばかりか素性まで調べ上げられてしまっていたのだ。

「直心影流《じきしんかげ》の竹刀打、か」

冷や汗を流す八郎に構うことなく、五十吉はつぶやいた。

「俺が江戸に居た頃には邪道だって、散々な言われ様だったな。それを天下の一刀流《いっとう》が始めたもんで、大層驚かれたそうだが」

「左様にございまする」

話題が逸れたことに安堵しつつ、八郎は言った。

「兄さんが仰せのとおり、中西派《なかにし》一刀流が防具と竹刀を稽古に取り入れたことで世間の見る目が変わりました。中西派におかれましては修行の捷径《しょうけい》、すなわち早道と位置づけられたにもかかわらず竹刀打にばかり熱中するご門人が増えに増え、他の流派におかれましては尚のこととか。私が兄さんに憧れて剣術を始めた頃とは、まるで様変わりをしております」

「そうらしいなぁ。俺ぁ深川の道場を幾つか覗いてみただけだが、どの道場も大入り満員じゃねぇか。あの、かかり稽古っていうのかい？　稽古をつけてもらう順番待ちの行列だけでも、大した人数だったぜぇ」

「お江戸では民百姓が剣術を学ぶことを未だ禁じられております故、自ずと深川から本所の界隈に流れたのでしょう。武家の養子となりし身で申すのも何ですが、腰抜け

侍に負けてたまるかと始める者も多いらしゅうございます」

「成る程な。血気盛んで結構なこったが、それでいいのかねぇ」

五十吉が苦笑した。

「意気込みだけじゃ勝負にゃ勝てねぇし、人は斬れねぇ。当節のお江戸じゃさむれぇに喧嘩を売る馬鹿も多いらしいが、生兵法《なまびょうほう》は大怪我の基だろうぜ」

実感の籠った言葉だった。

「あの頃は剣術の稽古と言や、木刀で組太刀をするのが当たり前だったからな。その稽古も息が合わなきゃ危ねぇんだから、立ち合いともなりゃ命がけ。後はどうなろうと文句なしって、誓紙《せいし》を入れなきゃ許されなかったもんだ」

「……その誓紙をどうして、兄さんは取り交わさなんだのですか」

五十吉がしみじみとつぶやいたのを逃さず、八郎が問いかける。

それは五十吉が江戸から姿を消さざるを得なくなった理由にして、八郎がずっと気に懸けていたことであった。

二

「あ、そろそろ見回りをしねぇとな……」

とってつけたようにつぶやくと、五十吉が立ち上がる。

八郎は無言で後に続いた。

船の中では五十吉の配下たちが忙しく立ち働いていた。

帆の綱を調整する者。

舵を操作する者。

荷が崩れぬように見回る者。

いずれも八郎とそれほど年の変わらぬ若い男だったが炊事場では少女が一人、黙々と葱を刻んでいた。

そんな最中も、揺れは絶えず続いている。

八郎の顔が青くなってきたのは、その揺れに耐え難くなったが故のこと。

実を言えば五十吉と話をしていたときから、気分が悪くなる一方だったのである。

「顔色が良くないぜ八。少し横になってな」

「いえ……今はそれどころではありませぬ」

吐き気に耐えながら、八郎は言った。

「先程の答えを……お聞かせくだされ」

「もういいだろ。過ぎたこった」

「教えてくだされ、兄さん……」

話を打ち切ろうとする五十吉に、八郎は食い下がる。

そこに少女が桶を持ってきた。

「すまねぇな、ルイベ」

潮の香りが染み付いた桶を受け取ると、五十吉は八郎に突きつける。

その直後、八郎の背中がくの字になった。

「だから生兵法はいけねぇって言っただろ。吉原通いに慣れてるぐらいじゃ、年季が足りねぇんだよ」

嘔吐するのを桶で受けてやりつつ、五十吉は苦笑い。

その声を切れ切れに耳にしながら、八郎は吐き続けるばかりだった。

いつの間にか、板敷に寝かされていたらしい。

「兄さん」

跳ね起きた八郎の額から、磯臭い濡れ手ぬぐいが落ちた。

「いいから、まだ横になってな」

枕元から五十吉の声が聞こえてくる。

枕といっても、ただの徳利だ。

「おっとっと」

八郎の頭から離れて転がったのを、五十吉が座ったまま、ひょいと伸ばした手で止める。

「海の上じゃ、こんなもんひとつでも替えが利かねぇからなぁ」

大事そうに徳利を股座《またぐら》に据え、五十吉は八郎に視線を向けた。

「八、お前さんはものを大事にする質《たち》だったよな。今も変わっちゃいねぇかい？」

「何ですか、藪《やぶ》から棒に」

「変わってねぇんなら、そいつは手前で洗いな」

五十吉が指し示したのは、八郎がしこたま吐いた桶。

「知ってのとおり、海の上じゃ水こそ替えが利かねぇ。そこで船縁《ふなべり》から縄で吊るして洗ってもらうんだが、くれぐれも落っことすなよ。もちろん、お前さんの体もな」

「……私に、できるでしょうか」

涼しい顔で命じられ、八郎は緊張を隠せない。船に慣れていると思い込んだ、己の甘さを痛感せざるを得ずにいた。

しかし、五十吉に容赦はない。

「へっ、このぐれぇ船仕事の序の口だぜ」

八郎が臆したときに煽《あお》る癖は、昔とちっとも変わっていない。こういうときに八郎が拒《こば》むと、しばらく構ってくれなくなったものである。

「……心得ました」

「そんなに意気込むことはないさね。気を抜かなきゃ滅多なことは起きねぇよ」

意を決して答える様に、五十吉は苦笑い。

「戻ったら、お前さんの知りたがってた話をしてやる。それでいいだろ」

「まことですか？」

「さ、早いとこ行ってきな」

「はいっ」

八郎は勢い込んで立ち上がった。

桶を落とさぬようにしっかり抱え、揺れに負けじと歩き出す。

危なっかしくも懸命な弟分の後ろ姿を、五十吉は笑顔で見送っていた。

三

あれは当年二十三歳の八郎が、十代を迎えたばかりの頃であった。

当時の五十吉は二十歳前。

大人と変わらぬ体つきとなる一方、剣の技量も上達が著しかったものである。

二人が通っていた道場に五十吉を敵視して止《や》まない、大身《たいしん》旗本の息子が居た。

「あの野郎、思い出すだけで腹の立つ顔をしてたよなぁ」

何とか桶を洗い終え、這《ほ》う這うの体《てい》で戻った八郎を前にした五十吉は、そんな本音の籠った一言から話を始めた。

「異相っていうのかい、ああいうのは」

「左様……畏《おそ》れながら、言い得て妙かと存じまする」

息を整えて答える八郎の言葉にも、実感が籠っていた。

その旗本は道場で、

『團十郎《だんじゆうろう》さま』

と呼ばれていた。

役者に尊称を付けるのは格式にこだわる武家においては以《もっ》ての外《ほか》だが、町人たちは憚《はばか》らず、男も女もお気に入りをそう呼んでいる。

町家の門人が多かった道場でも不自然ではなく、当の旗本も侮辱されたと受け取ることなく、悦に入っていたものである。

「あの渾名《あだな》は團十郎に失礼だろって、俺はずっと思ってたもんだよ」

「私もです、兄さん」

二人は苦笑を交わし合った。

市川《いちかわ》團十郎に代表される荒事《あらごと》の役者は、顔に隈取《くまどり》を入れることによって目鼻立ちを強調する。後年に東洲斎写楽《とうしゅうさいしゃらく》が手がけた役者絵の如く、誰もが生まれながらに派手な造作をしていたわけではない。

しかし『團十郎さま』は鼻も口も大ぶりで、とりわけ目が大きかった。

「あのでか目、性根も最悪だったなぁ」

五十吉は忌々《いまいま》しげにつぶやいた。

木刀で立ち合って半死半生の目に遭わせたことを、まったく悔いていないらしい。

その凄惨な光景を、八郎は今も忘れられずにいる。

たしかに『團十郎さま』は家柄のみならず、技量もなかなかのものであった。

木刀を稽古に用いる流派の道場では、所定の形《かた》を繰り返し学ぶ。他の流派の者が目《ま》の当たりにしたところで実態が分からぬように『崩し』と称する見せ技を交え、延々と打ち合うのだ。

その剣術形を『團十郎さま』は決められたとおりに、行うことができていた。

しかし、五十吉とは決定的な違いがあった。

剣術形《がた》には、決めの一手というものがある。

一刀を以て確実に、相手の動きを止める技である。

真剣勝負が当たり前に行われた、室町《むろまち》から戦国の乱世にかけて創始されたのだから当然といえよう。

五十吉は、その決めの一手の冴えが群を抜いていたのだ。

見せ技である『崩し』の部分は適当でありながら、最後の決め手は存分に手の内を利かせて木刀を打ち込む。

いわゆる演武としては、過程が適当なのは褒められたことではないだろう。

その点は『團十郎さま』のほうが上出来で、事実、息子贔屓《びいき》の父親に伴われて道場を訪れた旗本仲間のお歴々が絶賛したことを、八郎は覚えている。

当の『團十郎さま』もそれで満足していたらしいが、道場主の評価は厳しかった。

「俺が先に目録《もくろく》に進んだこと、あの野郎はずいぶん恨んでたっけ」

「左様にございましたな。兄さんだけではなく、他の方々にも後れを取っておられました故」

後の世に共通の段位制度が定められる以前、剣術の免状は切紙《きりがみ》、目録、免許、皆伝《かいでん》という順に流派、あるいは道場ごとに発給された。流派を背負う立場となる皆伝まで到達するのは至難だが、免許まで進むのも本来ならば容易なことではなかった。

その免許も昨今は『金許《きんきょ》』と揶揄《やゆ》されるとおり、流祖あるいは道場主に献金をして授与される場合が多い。

あの『團十郎さま』も父子で示し合わせ、早々に目録に進んだ上で免許を得るべく画策していたのだろう。

だが八郎たちの師匠だった道場主は決して金に靡《なび》かず、贈答品も過剰なものは辞退するのを基本とする人物だった。やむなく袂《たもと》を分かったものの、八郎にとっては評定所の上役である浜口市兵衛、そして結城峰太郎と並び、今も尊敬して止まない存在であった。

あくまで実力、それも実戦に即した力量を求める。

そんな硬骨な信念を持つ師匠の眼鏡《めがね》に、五十吉は最も叶っていたのだ。

後れを取った『團十郎さま』が、人一倍の自尊心を傷付けられたのは無理もない。

故に五十吉を敵視し続けた果てに、木刀での立ち合いを挑んできたのである。

しかし『團十郎さま』は何も分かっていなかった。

決められたとおりに形を演武するのも、決して容易ではない。

それを自在としたこと自体は、見上げたものといえるだろう。

とはいえ、その形が実戦に通用するとは限らない。

無謀に挑んだ立ち合いの結果は五十吉の勝利。それも文字どおり完膚《かんぷ》なきまで叩きのめしてのことだった。

「ま、やりすぎだったかも知れねぇけどな」

五十吉は苦笑交じりにつぶやいた。

「……私は兄さんが悪いとは思っておりませぬ。同門の皆はもとより、お立ち合いを許された先生もご同様でありますよ」

そのつぶやきに、八郎は真摯な口調で答えていた。

事に至った経緯はどうあれ、結果が拙《まず》かったのは事実だった。

旗本は大名と同じく、独自に咎人を裁くことを許されている。その権限は家中の不

始末はもちろんのこと、屋敷の外で起きた事態にも適用された。

五十吉の件も本来は町奉行に委《ゆだ》ねるべきことだが、自慢の息子を半死半生にされた旗本は家臣を総出にして五十吉の行方を追わせ、八つ裂きにしてくれるわと宣言して憚《はばか》らずにいたものだった。故に五十吉は、江戸から逃亡せざるを得なくなったのだ。

「俺もな、最初は手加減してやるつもりだったんだ」

「まことですか」

「ああ。腕も両方じゃなく、左をへし折るだけで十分だっただろうさ。たとえ軸手《じくて》が満足に動かなくても、野郎の殿さま剣術なら大した障《さわ》りはなかっただろうしな」

「ならば、何故にあそこまで」

「木刀を交えざま、余計なことを言われなけりゃ……な」

「どういうことです、兄さん」

八郎が続けて問いかけた。

「あの野郎、今まで俺の陰口を叩いてきただけじゃ飽き足らず、お前のことまで悪しざまにののしりやがって、な……」

答える五十吉の口調は重かった。

苦笑を交えながらも軽快だった歯切れが、急に悪くなっていた。

「あの方は何と仰せになられたのです」

八郎は食い下がった。

「そこまで言うことはねぇだろう」

五十吉は拒んだ。

「教えてくだされ」

なおも八郎は食い下がった。

あの日の五十吉は、幼い頃から親しく接してきた姿とは別人だった。

譬《たと》えるならば野生の獣。狙った獲物の喉笛《のどぶえ》を食い破り、噴き出す血を啜《すす》るまで襲うのを止めない、まさに野獣そのものであった。

仮にも道場での立ち合いで、あそこまでする必要はなかったはずだ。

その理由は知りたい。

そこまで知らねば、ここまで問い詰めた意味がない。

「兄さん」

八郎は意地になって詰め寄った。

「……分かったよ」

五十吉が重い口を開いた。

「色子《いろこ》、って知ってるかい」

「……はい」

「あの野郎、お前さんをそう呼びやがったんだ。俺の色子に違いねえって、な」

「……」

八郎は黙り込んだ。

「だから言いたくなかったんだよ。大丈夫かい？」

五十吉が気遣うように告げてきた。

「……そのような節《ふし》は前からございました」

しばしの間を置き、八郎は言った。

「私が稽古の後に井戸端で汗を流しておるときに、良き尻をしておるな……と」

「そういうことは早く言えよ」

五十吉は憤りを露わにした。

「そうと知ってりゃ、あのでか目も潰してやったものをよ」

「疾《と》うに潰れておりまする」

「ほんとかい」

「お立ち合いの終《しま》いに『團十郎さま』が火鉢を倒したことを、覚えておられますか」

「ああ。先生が退《ど》いてくれたのを幸いに、俺が見所《けんしょ》に立ったときだろ。軸足までへし折ってやったのに這いずりながら追っかけて、下段を狙って来やがったからな」

「その下段狙いの一撃が誤って火鉢に当たり、灰神楽《はいかぐら》が上がりましたでしょう」

「よく覚えてるぜ。それに紛れて、俺は三十六計を決め込んだからな」

「あのときの焼け灰《ばい》が『團十郎さま』の眼《まなこ》に入り、お目が見えなくなってしまわれたのです」

「そうだったのかい。道理で派手に悲鳴を上げてやがったわけだ」

五十吉は微笑んだ。

憎《にく》い相手の末路を聞かされ、留飲《りゅういん》を下げただけではないらしい。

「謝ってくれるなよ、八」

機先を制して、五十吉が告げてきた。

「俺ぁ何も、お前を庇うために野郎を痛めつけたわけじゃねぇ。前から気に入らねぇ奴だった。ただ、それだけのことさね」

八郎の気持ちを軽くするために言っているのだろう。

「分かりました、兄さん」

五十吉を見返して、八郎も微笑んだ。

「当の『團十郎さま』も落ち着かれました故、これ以上はお気になさらないでください」

「落ち着いたって、どういうこったい」

「お父上が勾当《こうとう》の位を買って差し上げたのです」

「勾当っていや、検校《けんぎょう》に次ぐ位じゃねぇか」

五十吉が驚きの声を上げた。

「検校さまには手が届かずとも、それなりに暮らせるからでございましょう。そのお父上もご隠居なされ、後はご養子が継いでおられます。ご内証《ないしょう》も以前ほど豊かでないご様子ですし、兄さんに追っ手をかける余力はありませぬよ」

「そいつぁいいが、あのでか目が勾当さまかい……」

「今はご先達に琴を習っておいでですよ。剣術とは違《ち》ごうて、進みも速いご様子で」

「琴？　似合わねぇことをするもんだな」

「お弟子仲間には綺麗どころの町娘も多うございます故、満更《まんざら》でもないようです」

「へっ。女好きは相変わらずかい」

「左様なれば、まことにお気に病まれることはございませぬ」

「分かったよ。これ以上は恨みっこなしにしておくさね」

五十吉は笑顔で話を切り替えた。

「俺もな、井の中の蛙《かわず》だったのはあいつと同じよ」

「どういうことですか」

「世の中は広く、強い奴も多いってことさね」

「そのような相手と、渡り合《お》うて来られたのですか……」

「そうしなけりゃ生きていけねぇ処に居たからなぁ」

さばさばした口調で告げつつ、五十吉は着衣の袖と裾を捲《まく》る。

「ほら、見てみなよ」

左腕には刀傷。

「この傷も堪《こた》えたぜ」

左腕と同様に刀を振るう軸となる、左の脚にも傷がある。

「こいつぁ、さすがに死ぬかと思ったやつだ」

そう言うと、五十吉は上半身を覆っていた胴衣を脱いだ。

左の脇腹に、引き攣《つ》れたような傷がある。

「……矢弾でも受けられたのですか」

「分かるのかい」

「素人目なれど、刀や槍とは明らかに違いますので」

「ご明察。こいつぁ鉄砲傷だよ。それも西洋の短筒《たんづつ》の、な」

五十吉はにやりと笑った。

「この傷を付けた奴と俺は、取り引きをしたんだよ」

「取り引き、にございまするか」

「俺とそいつは同じおたからを狙って争ったんだ。そのときに野郎は俺の土手っ腹を撃ち抜いて、俺は野郎の左腕を斬り飛ばしたって次第さね」

「その上で、折り合いをつけたのですか？」

「命の取り合いってのは不思議なもんで、乗り越えると妙な絆みたいなのが生まれるらしいや」

五十吉は笑みを絶やさずに言った。

「それでおたから……正しくはその種《たね》なんだけどな、蝦夷の奥地に眠っている金脈のありかを示す絵図面を半分こして、先に段取りを付けた奴を手伝うってことにしたんだ。で、俺が野郎の先を行ったわけよ」

「金脈、ですか」

「十万百万どころじゃねぇ、五千万両を軽く超えるっておたからだぜ」

「何と……」

八郎は絶句した。

思いがけないにも程がある。

五十吉が口にしたのは不知火の百蔵と称し、稼ぎ貯めたと言われる二十万両が足許に及ばぬほどの金額であった。

「こっちは準備万端だぜ」

言葉を失う八郎に、五十吉は嬉々として語りかけた。

「これから目指す箱館ってとこに、俺は根城を構えてる。今までの稼ぎを注ぎ込んで揃えた武器も十分だ。そこで奴と落ち合って、いよいよおたから探しに乗り出すって算段さね」

「……途方もないお話ですね」

そう答えるより他にない八郎だった。

「そこでな、八」

五十吉が続けて問うてきた。

「お前さん、この話に乗らねぇかい?」

「え……」

「性根を据えて答えてくんな」

五十吉はもはや笑ってはいなかった。

膝を詰め、八郎に向けてくる視線は鋭い。

道場で稽古の相手をしてもらうたびに幼い八郎をおののかせ、金玉が縮み上がると
はこういうことだと知らしめた、あの眼差しだった。

「お前さんは御公儀のお役人さま。その気になれば俺と仲間を御用にできる立場だ」

「兄さん……」

「知ってのとおり、蝦夷地は松前《まつまえ》奉行が治めてる。俺も地元の役人どもには日頃から
鼻薬を嗅がせちゃいるが、連中も勘定奉行の威光には逆らえねぇ。お前さんが俺たち
の隙を衝いて身許を明かせば、味方に付けることができるだろうよ」

「……」

「その気があるってんなら、お前の命はこの場で頂戴するぜ」

「兄さん」

「俺ぁ本気だよ」

告げると同時に、五十吉は背後に手を伸ばす。

積み荷に被せた筵の蔭から取り出したのは、寸の詰まった一振り。

いわゆる長脇差だが、平《ひら》にして鞘を引き、抜き放った刀身は鍛えの精緻な、なまじの武士は所有できぬであろう出来だった。

「五年前に公儀の役人から分捕ったんだ。そいつは鱶《ふか》の餌になってもらったけどな」

「わ、私を斬るおつもりですか」

「そいつぁ返答次第だ。幼なじみの縁だけじゃ見逃せねぇよ」

「そんな……」

わななく八郎の目を、鈍色《にびいろ》の光が射る。

「俺が本気だって分かったかい」

そう告げると、五十吉は得物《えもの》を引いた。

作法に違《たが》わず切っ先の背を鯉口《こいぐち》に当て、鞘を被せるようにして納めていく。

「決めるのはあくまでお前さんだ。港に着くまでに答えを決めてくんな」

「わ、分かりました」

「それはそれとして、俺の仕事を手伝ってもらおうか」

「兄さんの仕事、ですか」

「お前さんも知ってるだろ。俺は品物の目利きはともかく銭勘定が昔っから大の苦手でな。おまけに筆不精と来てるから、細けぇ作業が溜まってるのよ。陸《おか》に上がる前に

そいつを片付けちまいてぇのさ」

「左様なことならば、お手伝いいたしまする」

「そうかい。助かるぜ」

五十吉は白い歯を見せて微笑んだ。

「俺は向いてると思うんだがな、八」

「何にですか、兄さん」

「こういう稼業にだよ」

「……答えは私に委《ゆだ》ねてくださるのでしょう」

「もちろん二言《にごん》はねぇよ。だけどな八、俺は向いてると思うぜ」

重ねて告げると、五十吉は踵《きびす》を返した。

細かい作業とやらを早々に手伝え、ということらしい。

無言で後に続く八郎に表情はない。

目の前に居る男は、今や厳しくも優しかった兄貴分ではない。

天下の御法を破り続け、公儀の役人をも手にかけたと豪語して憚らぬ、稀代《きたい》の悪党なのだ。

そして八郎は番方《ばんかた》に非ずとも、御法を護る評定所に属する身。

見逃すわけにはいかない相手であった。
にもかかわらず、まったく五十吉に敵意を抱けずにいる。
相手は幼なじみだからという、甘い感情が先に立ってのこととは違う。
お前はこういう稼業に向いている。
そんな五十吉の誘いの言葉が、妙に胸に響いていた。

四

その頃、新之助は秋乃と共に洋上に在った。
急ぎの船で利根川《とねがわ》を遡《さかのぼ》り、馬を飛ばした上のことである。
すべては浜口市兵衛の計らいだった。
留役衆が属する勘定奉行の権限は諸国の天領にまで及ぶ。
その権限を以てすれば川船を徴用し、馬を用立てるのも容易《たやす》いことだ。
(役得とは斯様な折にこそ使うものだ……か)
新之助が胸の内でつぶやいたのは評定所を出る際に、市兵衛から告げられた一言。
日頃は謹厳実直な市兵衛が職権を行使してくれたのは、八郎を救いたい、その一念

あってのことだった。

これは留役の仲間たち、そして他の全員の願いでもあるのだ。

皆の想いに、何としても報いなくてはなるまい。

「待っておれよ川崎、必ずや助け出してやる故な」

舳先《へさき》に砕ける波を見下ろし、決意も固く新之助は言った。

忠実にして優秀な配下が悪《あ》しき誘惑に揺れているとは、知る由もない。

先を急ぐばかりの道中で愛妻の秋乃が憂鬱になりつつあることにも、気が付いてはいなかった。

第七章　追跡行《こう》の狭間《はざま》にて

一

江戸は今日も朝から快晴だった。

常の如く南町の役宅を後にして、根岸肥前守鎮衛の一行が千代田の御城へ向かう。

鎮衛の一日は慌ただしい。

午前は朝から登城に及び、千代田の御城中にて老中を始めとするお歴々への対応。

午後は下城し、奉行所内で日暮れまで執務する。

月番が北町奉行に替われば御城中での勤めこそ免除されるが、前の月に南町が受け付けた事件は引き続き、解決に当たることとなる。

八十も目前の身にとって楽ではなかったが、何事も誉れのため。死した後まで名を

遺したいと願う以上は、苦に思ってはいられまい。

そんな鎮衛の目下《もっか》一番の関心事は、不知火の百蔵一味を御用にすること。正しくは召し捕ったのを死罪に処し、抜け荷の稼ぎを余さず没収することだった。

肝心の手掛かりは、まだ何も摑めていなかった。

引き続き配下の与力と同心に探索させてはいるものの、すでに江戸から立ち去った可能性が高いとのことである。

だが、鎮衛はまだ望みを捨ててはいない。

(結城め、上手《うま》くやっておるかのう)

登城の乗物に揺られながら、今朝もそんなことを考えていた。

御法破りの悪党を捕え、その財を合法的に幕府のものとする。

それは他ならぬ鎮衛が、かねてより家斉公に進言していたことだった。

先年に加賀百万石の前田家は大物の抜け荷商人を召し捕り、十万両近くを没収するに及んでいる。

その倍は稼ぎ貯めていると目《もく》される百蔵を御用にすれば、千代田の御城の御金蔵を潤わせる役に立ち、ひいては鎮衛の評価も上がるはず。

そんな鎮衛の目論見《もくろみ》に、家斉公は乗ってくれたのだ。

その家斉公と定信が直談判《じかだんぱん》に及び、幕府が自費で品川沖に台場を建設すべしと進言したことは、峰太郎が乗り込んできた後に老中の土井大炊頭利厚から聞かされた。

峰太郎の突然の裏切りには驚かされ、大いに腹も立ったものだが、今は怒りよりも打算が先に立っている。

たとえ定信の側に付いたにせよ、峰太郎が不知火一味を首尾よく捕え、頭目の百蔵が死罪に処されるように事を運んでくれれば、それで良いと割り切ったのだ。

捕えさせたのが誰であれ、二十万両は下らぬと見込まれる百蔵の隠し金が御金蔵に収まれば、家斉公は満足することだろう。

鎮衛も願わくば自分の手柄とし、家斉公から更なるお褒めに与《あずか》りたいところだったが競う相手が元老中首座にして、御三卿の田安家の生まれである定信では遠慮せざるを得ない。

（さすがの儂も白河侯の御威光には逆らえぬ。まして結城は、のう）

今となっては、峰太郎に同情さえ覚える鎮衛だった。

峰太郎は亡き父親の仕えていた白河十一万石の久松松平家に取り込まれ、その当主である定信のために動いている。

あの伝法で横紙破りな、しかも金には結構うるさい峰太郎が、望みのままに報酬が

受け取れる鎮衛の頼みを蹴ってまで定信に尽くすのは、断れぬ理由があってのことと鎮衛は見抜いていた。

(察するに旧主の縁を持ち出され、強《し》いて使われておるのだろうよ)

そう思えば、鎮衛も苦笑を浮かべずにはいられない。

定信は家斉公の実の父である一橋治済とは従兄弟同士。家斉公は又《また》従兄弟である。とはいえ直談判に及ぶとは無礼な限りだが、家斉公は怒ることなく話を聞いた上で不知火一味の件を持ち出し、台場の普請に必要な金は百蔵の財産を召し上げて作れと定信に命じたという。

家斉公が定信を快く思っていないのは、幕閣の誰もが知るところであった。

十一代将軍の座に就いた当時の家斉公はまだ元服したばかり。倍近くも年の離れた定信が老中首座と将軍補佐を兼任し、後見せざるを得なかったのも当然だが、家斉公は齢《よわい》を重ねるほどに定信を疎《うと》み、二十歳となったのを機に反抗の意を露わにした。

手始めに定信の奢侈《しゃし》禁制を嫌った大奥の女たちを味方にし、清廉潔白に過ぎた幕政の改革が裏目に出て庶民の不満が募る中、他の老中との間に亀裂が生じていたことを幸いに、罷免《ひめん》へ追い込んだのである。

（いつも笑うておられるが、げに恐き御方じゃ）

当時の鎮衛としては安堵半分、同情半分といった心境だった。

定信が巷《ちまた》で噂されるほど堅物ではなく、人情を解することを鎮衛は知っている。

さすがは白河十一万石を能く治めて天明の大飢饉を乗りきり、名君と呼ばれただけのことはあると、個人的には評価もしていた。

しかし天下の政は、きれいごとだけではやっていけない。

前《さき》の老中首座で清濁併せ呑む質《たち》だった田沼主殿頭意次の善き点まで否定し、意次が推し進めていた政策をことごとく中止させたのは、拙《まず》かったと言うしかあるまい。

（せめて蝦夷地開拓の件だけでも、主殿頭さまの御意向に沿うておられれば良かったものを、のう……）

胸の内でつぶやく鎮衛の前方に、大手御門が見えてきた。

乗物の中、鎮衛は皺の目立つ手で襟を正す。

今日も一日、謹んで御用に勤しまねばならない。

いつもと変わらぬ日々を粛々と過ごしつつ、吉報を待つ。

（果報とは寝て待つものには非ず。励みし身にこそ得られるものぞ）

左様に心に決めている鎮衛だった。

二

同じ頃、遠山左衛門尉景晋《とうやまさえもんのじょうかげくに》は本丸御殿の玄関に連なる下部屋《したべや》に入っていた。

当年四十八歳の景晋は十名から成る目付の中でも、それと知られた人物だ。

そつのない景晋にとって、早めに登城するぐらいは当然のこと。

一事が万事で、御用においても落ち度は皆無であった。

なればこそ倅の金四郎《きんしろう》が屋敷を離れ、市中で放蕩無頼《ほうとうぶらい》の暮らしを送っていても文句をつける者はいない。金四郎の出奔《しゅっぽん》が故あってのこととは知らずとも、景晋が我が子を何の理由もなしに好きにさせているとは思わぬからだ。

静まり返った下部屋の中、景晋はその金四郎との、出仕する間際のやり取りを思い出していた。


「父上、ちょいとよろしいですか」

前触れもなしに屋敷に戻った金四郎は、朝の挨拶も抜きにして切り出した。

「何じゃ、朝餉ならば台所に参れ」

「別に飯を食いに寄ったわけじゃありません。そもそも、義母上に見つかるわけにゃいかないでしょう」

「それはおぬしが決めたことだ。儂は知らぬ」

「ったく、情があるんだか冷たいんだか……」

門前に立ったまま、金四郎は月代を伸ばした頭を掻く。

家人の見送りは玄関までと分かっていればこそ、出奔中の姿を見られぬために門の外で待ち構えていたのだ。

ふけが散るのも構わず頭を掻く金四郎は、だらしのない着流し姿。

市中では士分であるのを隠して過ごしているため二本差しにせず、長脇差を一振りのみ帯びていた。両の目をしょぼつかせ、煙草を嗜まぬにもかかわらず、やにの臭いをぷんぷんさせているのは、夜を徹して丁半賭場に興じていたが故なのだろう。

「用向きあらば早う申せ」

半開きにさせた乗物の引き戸の向こうから、景晋は憮然と告げる。

しかし、金四郎は動じない。

「ご登城の刻限にはまだ間があるでしょう」

「それは怠け者の言うことぞ」

平然と告げてくる倅に、景晋はにこりともせずにいた。

「相変わらずだなぁ、父上は」

金四郎は思わず苦笑い。

対する景晋の態度は変わらなかった。

「早うせい」

「はいはい、分かりましたよ」

爪の間に詰まったふけを払い、金四郎は引き戸の傍に膝を突く。

「お話と申しますのは、結城のご隠居のことですよ」

「峰太郎どのが何とした」

「とぼけなさることはないでしょう。小次郎さんと例の居候を連れて、旅に出たって聞いてますよ。しかるべき筋で船を仕立てて……ね」

「……金四郎、近う寄れ」

景晋は声を潜めつつ手招きをした。

供侍たちが気を利かせ、乗物の傍から離れていく。

それを見届け、景晋は再び口を開いた。

「おぬし、どこでそのことを知ったのだ」

「大坂屋です」

「あの茂十郎がおぬし如きに口を割るとは思わぬが」

「もちろん直《じか》に聞かせてもらったわけじゃありません。十組問屋に探りを入れて調べを付けたことですよ」

「行き先も分かったのか」

「はい。蝦夷地でございましょう？」

「……他言してはおるまいな」

「当たり前ですよ。ご隠居や小次郎さんの不利になることを、俺が言いふらすはずがないでしょう」

「それにしては、不満顔だの」

「そりゃ、置いてきぼりを食っちまったんですからね」

肩を揺すって金四郎はぼやいた。

「小次郎さんも水臭いや。あんな公家侍ばっかり連れ歩いて、俺のことはお構いなし……挙句の果てに結城家の一大事ってときも、当てにしちゃくれねぇんだから」

拗《す》ねた口ぶりでぼやく金四郎は、かねてより小次郎とは昵懇《じっこん》の間柄。以前に峰太郎を交えた三人で、上州《じょうしゅう》へ探索の旅に出たこともある仲であった。

そんな金四郎と結城家の交流は、景晋にとって好もしいことである。

腕は立てども若く未熟な倅には年嵩《としかさ》の小次郎はもとより、峰太郎から教わることも多かった。

父親らしく接してやれぬ自分の分まで世話を焼いてくれる峰太郎に、景晋は感謝が尽きない。

なればこそ旗本と御家人の行状を取り締まる目付の任に在りながら、茂十郎に手配させた船で蝦夷地へ向かったことを、咎め立てせずにいたのだ。

抜け荷一味の探索そのものは、目付の役目外のこと。

町奉行が全うすべき御用である以上、関与するには及ばない。

しかし金四郎が関わってしまえば、知らぬ存ぜぬも通用しなくなる。

損得抜きで助太刀しようとする志は見上げたものだが、峰太郎と小次郎が金四郎に黙って出立してくれたのは、目付の立場としては幸いであった。

「いい加減にせい」

ぼやきが尽きない倅に、景晋は重々しく告げた。

「大事なればこそ、おぬしを巻き込むことを避けたのだ。それが分からぬのか」

「ですが父上、もしもご隠居たちが不知火一味を退治できなかったら、越中守さまは

お立場が悪くなっちまうんでしょう？」

「おぬし、そこまで存じておったのか」

「練塀小路《ねりべいこうじ》の若い御数寄屋坊主《おすきやぼうず》が教えてくれたんです。松平越中守さまと根岸肥前守さまのどちらが上様のお褒めに与《あずか》るかって、御城中じゃ噂になっているそうで」

「……左様。どこで嗅ぎ付けおったか、茶坊主どもが吹聴《ふいちょう》しておるわ」

「越中守さまが旧主の縁を盾に、ご隠居を使役してなさるってのも本当ですか」

「子細までは定かでないがの、そのように聞いておる」

倅の熱意に折れた様子で、景晋は続けて語った。

「儂が調べたところによると、越中守さまは峰太郎どのを八丁堀の上屋敷に通わせておるらしい。そうなる前に屋敷内から剣戟が聞こえたことがあったと、最寄りの辻番所で徒目付《かちめつけ》が聞き込んで参った」

「一度やり合いなすった上で、ということですか」

「峰太郎どののことだ。左様に判じるべきであろうの」

「十一万石の殿さまをお相手に……さすがですね」

「手放しに褒めるでない。士道の理《ことわり》に照らさば感心できる話ではあるまいぞ」

「分かっております。意地は通せど分《ぶん》は違《たが》えず、ってことで従いなすったんでしょ」

「なればこそ越中守さまも峰太郎どのには信を預けておられるのだろう。おぬし如きが軽々しゅう首を突っ込んでは相成らぬぞ」

「心得ました、父上」

「得心《とくしん》したなら早う行け。儂は登城を急がねばならぬ」

「お邪魔をいたしました。行ってらっしゃいませ」

「うむ。おぬしも放蕩は程々にせい」

「そいつぁお約束できかねます」

「こやつめ」

「ははは、お達者で」

顔を顰《しか》める景晋に笑みを返し、金四郎は踵を返した。

生まれ育った屋敷に背を向けて、戻り行く先は見当がついていた。

放蕩息子の暮らしぶりは、もとより把握済みの景晋である。

夜遊びに興じた後、金四郎はしっかりと睡眠を摂《と》る。

無役の御家人の小さな屋敷が密集する一帯とは隣り合わせの、無頼暮らしの根城である裏長屋に必ず帰り、ひと眠りして腹拵《はらごしら》えを済ませると、界隈の道場に乗り込んで腕試しをする一方、湯島の聖堂に足を運んで漢書を読むのを日課にしている。

屋敷を出ても、金四郎は武士の本分たる文武両道を忘れていない。

それを承知していればこそ、景晋は連れ戻さずにいるのだ。

「程々にいたせ……おぬし自身のためにの」

聞こえぬと承知の上でつぶやくと、景晋は乗物の引き戸を閉めた。

すかさず戻った供侍が列を成し、陸尺《ろくしゃく》が乗物を担ぐ。

常より速足で進み始めた一行が目指すは、千代田の御城。

いつもより少々遅れたものの、朋輩《ほうばい》たちに範を示すには十分な時間だった。


下部屋に、まだ他の目付の姿は見当たらない。

(程々にすべきはおぬしも同じであるぞ、結城どの)

裃の襟を正し、景晋は胸の内でつぶやく。

賊の一味を相手取るだけならば、これほど心配するには及ぶまい。

しかし、峰太郎らが向かった先は蝦夷地。

春を迎えて久しいとはいえ、東北より更に先となれば勝手が違う。

手を貸すこともままならぬのを憂いつつ、無事の戻りを切に祈るより他にない景晋であった。

三

「良く晴れたなぁ」

絶え間ない船の揺れをものともせず、峰太郎は大きく伸びをした。

還暦と思えぬ若々しい顔が、すっかり日に焼けている。

照り返しが強い洋上で過ごすうちに、自ずとこうなったのだ。

「今朝も大漁でございましたね、父上」

傍らで感心しきりの小次郎も、精悍な造作を黒々とさせていた。

「お二人とも大したもんやな。わてはまた坊主でしたわ」

ぼやく虎麻呂は慣れぬ日焼けをしたせいか、肌が斑《まだら》になっている。船が外海に出たばかりの頃は火ぶくれに苦しめられたものだが今は落ち着き、峰太郎と小次郎が日課にしている、朝の釣りに付き合えるまでに回復した。

どのみち釣れぬと諦め、虎麻呂が番を買って出た魚籠《びく》には鰯《いわし》と鰺《あじ》がぎっしり。まだ育ちが足りないのを逃がしてやった上のことである。

「さーて、今日はどうやって頂戴するとしようかね」

魚籠の中を覗き込み、峰太郎が腕を組んだ。

「お答えは分かっとります。また味噌と生姜で和《あ》えた、たたきですやろ」

虎麻呂がぼやき半分でつぶやいた。

「火が使えんのは仕方おまへんけど……そろそろ焼き魚が恋しいですわ」

「そいつぁ言わぬが花だぜ、虎さん」

小次郎が虎麻呂の肩を叩いた。

「あ痛ー、何しますの！」

「何だい、そんなに日焼けが堪えたのかい」

「当たり前ですわ。京男は色の白いが自慢でっせ」

「それを言うなら江戸っ子は歯が白い、だろうぜ」

若い二人のやり取りをよそに、峰太郎は船の中に戻っていく。

「ちょいと手伝いな。働かざる者食うべからず、だぜ」

魚籠を提げ、足取りも軽く歩きながらも、二人を促すことを忘れなかった。

船の中で炊事をする場所と道具は限られている。

外海の荒波を乗りきるほど大型の船といえども、同じことだ。

「義父上、なめろうでしたら俺でも何とか」

「手伝ってくれるだけでいいんだよ。船頭多くて何とやらって言うだろうが」

「ご勘弁くだせぇよ、旦那ぁ」

軽口を耳にした水主《かこ》頭が苦笑いをした。

「悪い、悪い。お前さん方なら間違っても山なんざ登るめぇよ」

「へへ、お望みとあればご案内しやすぜ。

「そいつぁ頼もしいな。蝦夷の雪山でもいけるかい」

「それはご勘弁くだせぇやし。アイヌの衆でなけりゃ先達は務まりやせんぜ」

「だろうな。俺も今が真冬なら、今度の話は断っていたかもな」

断れるようなお話だったんですかい？」

「そうじゃねぇから、お前さんが汗臭いのを辛抱して、寝起きを共にしてるのさね」

「へへっ、そいつぁお互いさまですぜぇ」

道中で打ち解けた水主頭と言葉を交わしながらも、峰太郎は手を休めない。

大ぶりの桶の前に座り、炊事番の船頭に運んでもらった熱々の飯を盛る。朝釣りを切り上げるのに合わせて炊いておくように、あらかじめ頼んでおいたらしい。

続いて手に取ったのは、一升徳利に詰めた酢だった。

代わりに晩酌用の酒は積むのを一本減らして構わないと断りを入れ、わざわざ船中に持ち込んだものである。

峰太郎は徳利を傾け、飯に酢を注ぎかけていく。

「後は任せたぜ」

器用な手つきに見入っていた小次郎に、火熾《おこ》し用の団扇《うちわ》が押し付けられた。

「虎さんは魚を捌《さば》いてくんな」

「へい」

すぐさま応じ、虎麻呂が包丁を握る。

「どないします。三枚でっか」

「骨を外して、薄めの削《そ》ぎ切りにしてくんな」

「よろしおます」

慣れた様子で虎麻呂は取りかかった。

さすがは京の都で勤めの合間に料理茶屋に出入りし、鱧《はも》の下拵えで小遣い銭を得ていたと言うだけのことはある。

削ぎ切りが揃った頃には、酢飯も仕上がった。

「さて、これからが本番だぜ」

一同が見守る中、峰太郎は酢飯を手に取った。

大きすぎず、固くなりすぎぬ程度に加減しながら握った形は細めの楕円形。

「今さらですけど、何を作ってはるんですか?」

「鮨《すし》だよ、鮨」

虎麻呂に問われて答えながらも、峰太郎は手を休めない。

「鮨言うたらあれですやろ、箱か熟《な》れ……。わて、あれ苦手ですねん」

「ははは、どっちでもねぇよ。敢えて言うなら握り鮨だな」

遠い目をした虎麻呂に笑みを返し、峰太郎は魚を一切れ摘《つま》む。

飯と魚の間に挟んだのは、酢ともども積み込んだ山葵《わさび》だった。

「仰せのままに下ろしはいたしましたが……そんなにご入り用なのですか?」

傍らでぐったりしていた小次郎がつぶやいた。

酢飯を冷ますために散々煽《あお》がされた後、休む間もなく大量の山葵を下ろさせられたとあっては無理もあるまい。

「そうともよ。こいつぁ辛味と毒消しを兼ねるんだよ」

「どなたはんから教わったんどすか」

「与兵衛《よへえ》って男だよ。本所の横網《よこあみ》で去年から、華屋《はなや》って早鮨の店を出していてな」

後《のち》の世に握り鮨の祖と伝えられる、華屋与兵衛のことである。

「早鮨はお前さん方も知ってのとおりお江戸で始まったもんだが、拵えるのには箱を使う。それを与兵衛は手で握り、早く出せるようにしたんだよ」

「えらいせっかちでんな。さすがは江戸っ子や」

「そう言うもんじゃないぜ、虎さん」

告げると同時に、峰太郎は握りたての一貫を前に置く。

台にしたのは小次郎がへたばる前に用意させた、炊事場のまな板である。

「百聞は一見に如かずだ。さ、食いねぇ」

「ほな、お先に」

恐る恐る、虎麻呂は手を伸ばした。

太い指先で摘んだのを、童顔ながら大きい口にそっと入れる。

「これは……いけますわ」

「だろ？」

「父上、俺にもお願いいたしまする」

「ははは、ちょいと待ってな」

虎麻呂の反応に気をよくした峰太郎は、次の切り身を手に取った。

いつの間にか、三人の周りには手すきの船頭も集まっていた。

「お前さん方も食いねえ、食いねぇ」

峰太郎は大盤振る舞い。

「いけやすぜ、旦那ぁ」

「美味《うめ》え、美味え」

「こいつぁ、北前船《きたまえぶね》の鯖鮨《さばずし》にも引けを取らねぇや……」

好評の中、ネタもシャリも瞬く間に減っていく。

小次郎が下ろしまくった山葵も、余さず一同の胃の腑に収まった。

四

男ばかりの道中は、むくつけきも打ち解けたものであった。

交わす言葉も遠慮がなくなり、話題も垣根が低くなる。

そんな中で水主頭が語ったのは、峰太郎らにとって他人事《ひとごと》ではない話だった。

「男は足腰立たなくなるほどこき使い、女は慰みもんですよ。まったく、ひどいもんでさ」

それは蝦夷地における、アイヌたちの扱いだった。

耳にしただけでも不快なことだが、実態はさらに惨いはず。世慣れている水主頭でさえ、語りながら眉を顰めずにはいられぬほどなのだ。

原因は峰太郎も承知していた。

松前家が領有し、今は幕府が松前奉行を置いて直轄する蝦夷地では米が収穫できぬため、他の大名の如く家臣に知行地と称する領地を与えることができない。

そこで代わりに与えたのが、蝦夷の各地で暮らすアイヌとの交易権であった。

当初こそ松前の家臣は自ら船を仕立てて交易を行っていたが、やがて場所請負人と呼ばれる商人に権利を委ね、収益を上納させる形となった。

今や商人どもはアイヌに粗悪品を売りつけて儲けるだけでは飽き足らず、魚や獣を乱獲させては暴利をむさぼる始末。それを松前家も幕府も容認し、商人どもの抱え主である連中も行き過ぎを咎めずにいる。

領民と見なしていれば、こんな非道な真似はできぬはずだ。

日の本の民政は四書五経のひとつ『書経《しょきょう》』の教えである、

『民惟邦本《たみこれくにのもとなり》　本固邦寧《もとかたければくにやすし》』

が旨とされているからである。

働く民を大事にせずして、天下国家は成り立たない。

この自明の理を定信はとりわけ重く受け止め、幕政の改革に臨んだという。

松前家とその家臣にとってアイヌは領民ではなく、搾取《さくしゅ》する対象でしかないのだ。

(松前に島津《しまづ》……日の本の北と南で同じことをしてやがる)

峰太郎は顔を歪めて、胸の内でつぶやいた。

薩摩《さつま》の島津家は支配下に置いて久しい琉球《りゅうきゅう》に対し、過酷な税を課している。

江戸に幕府が開かれて間もない当時に武力を行使して占領し、琉球王朝を安堵する代わりに諸島から租税として砂糖黍《きび》などを取り立てる一方、琉球王朝が唐土《もろこし》の清国《しんこく》と正式に国交を結んでいるのを幸いに、交易の利益を独占していた。

その島津家も、幕府に対しては立場が弱い。

日の本の大名で最も距離の長い参勤交代に、度《たび》重なる御手伝普請。

かの宝暦《ほうれき》治水に伴う悲劇は、記憶に新しいところである。

琉球支配を認められただけでは追いつかぬ損失は、将軍家と婚姻関係を結んだ今も埋まってはいないことだろう。

弱き国を侵《おか》した国が、更に強い相手に従わされる。

世界のほんの一部にすぎない、日の本においてさえ斯様な有様なのだ。

ここにオロシャやエゲレスが入り込めば、一体どうなるのか。

「決まっとりますやろ。堂々巡りですわ」

峰太郎の話を聞き終え、虎麻呂がつぶやいた。

いつも陽気な若者らしからぬ、怒りを帯びた声であった。

五

こたびの道中で峰太郎と小次郎は、虎麻呂の意外な一面を知った。

蝦夷地、そして世界の現状に対し、憤りを見せた件だけではない。

食糧と水を補給するために船が港に寄った際、絡んできた浪人を虎麻呂が一蹴《いっしゅう》したときのことだった。

「往生しい！　ここらで修行し直さんと間に合わんで！」

それまでの人生では腕自慢だったと思《おぼ》しき浪人が軽くあしらわれ、尻に帆を掛けて逃げていくのに虎麻呂はそう言った。

「おいおい、凄い剣幕だったな」

「間に合わねぇってのはどういうこった、虎さん」

出る幕のないまま浪人を見送った小次郎と峰太郎は、不思議そうに問いかけた。

「すんまへん、ご説明せな分かりはらへんことでしたね」

虎麻呂は照れたように微笑みながら、腰刀を帯前の鞘に納めた。浪人の一刀を受け止めるのに、太刀を抜くまでもなかったのである。

「実はあれ、姉上から言われたことですねん」

「義姉上がお前さんに、あんなことを？」

小次郎が首を傾げた。

いつも優しく接されているため、ぴんと来ないらしい。

「嫌やなぁ小次郎さん。姉上がわてには厳しいことぐらい、知ったはりますやろ」

「そりゃそうだが、お前さんほどの腕前に今さら修行し直せってのはないだろう」

「そないなことはありまへん」

戸惑うばかりの小次郎に、虎麻呂は真摯に語った。

「思い上がりいうのは、ほんま恐ろしいもんですわ」

「その思い上がりでしくじって、秋乃に叱られたってことかい」

「さいですわ」

峰太郎の指摘に虎麻呂は頷いた。

「あれはわてが御所勤めをしくじって、洛中《らくちゅう》で悪さしとった頃ですわ」

「一体何をしてたんだい」

「金貸しの取り立ての手伝いやら、抜け荷とまではいかんけど訳ありの品を商う店の用心棒やら……割がええ代わりに、人さまには自慢でけへん仕事です」

「そりゃ、義姉上が怒るのも無理はないだろう」

小次郎が呆れた声を上げた。

「あの頃のわては、とにかく稼ぎたかったんですわ」

申し訳なさげに虎麻呂は言った。

「ええもん食ってええとこ住みたい、ええおなごを侍《はべ》らせたい。もちろん姉上にも楽をさせてあげたい思てのことでしたけど、そんな汚い銭はいらんって、溝《どぶ》にほかされました。で、先だっての言葉を言われたんどす」

「ははは、秋乃らしいな」

峰太郎が笑った。虎麻呂の気分を少しでも軽くしてやろうとしてのことだった。

「おかげで目が覚めてよかったですわ」

虎麻呂はさばさばした様子で言った。

「きょうだいいうのは不思議なもんですわ。他人さまから言われたら腹が立つことも

何かこう、すーっと腑に落ちますねん」

「そいつぁ時を隔てても、同じ腹から生まれた身だからだろうよ。同胞《はらから》っていうのも伊達じゃないってことだろうなぁ」

小次郎が訳知り顔で口を挟んだ。

「おいおい、生まれが違っちゃいけねぇのかい」

聞き逃さずに峰太郎が釘を刺す。

「お前さん、柳生の先生方とは赤の他人だろう。それなのに新之助から言われるよりも聞き分けがいいじゃねぇか」

「ご、ごもっともにございまする」

すぐさま小次郎は謝った。

「分かればいいんだよ」

応じて峰太郎は微笑んだ。

「親きょうだいであれ他人さまであれ、叱ってもらって身に染みる相手ってのは大事にしなくちゃなるめぇ」

峰太郎の言葉に若い二人は首肯した。

周りで見守っていた船頭衆も、それぞれ頷いている。

「ま、俺にはそういうお人はいなかったけどな」

思った以上の反応に、峰太郎は照れ臭げ。

そこに虎麻呂が問うてきた。

「白河の殿さまは違いますの」

「越中守さまかい？」

「義父上を叱れるお人いうたら、あのお殿さましか居てはらへんですやろ」

「そうかい。うーん……まだ、ちょっとな」

不遜と承知で峰太郎は答えていた。

定信は堅物と敬遠されるばかりではなく、世間で多くの人々から尊敬を集めているのは知っている。

何しろお国許では老中首座に就いた若き日の肖像画が祀《まつ》られるほど、神格化されている存在なのだ。

しかし、峰太郎にとってはまだ足りない。

御大将《おんたいしょう》と仰ぐに足《た》ると認めたときには潔《いさぎよ》く、命じられるがままに従う所存であったが、今はそこまで至っていなかった。

定信はいつ、御大将の器を見せてくれるのか。

こたびの道中の先に答えがあると、峰太郎は思う。

抜け荷一味を捕え、隠し金を召し上げる。

そんな考えが悪しきものだと自ら気付き、家斉公を正せるようであれば、それこそ白河の国許で一生涯、忠義を尽くしてもいいだろう。

ただし、新之助と小次郎を江戸に残してもらった上のことである。

(そのためにも、あの若いのを助けなくっちゃなるめぇよ)

船に引き上げていく一同の後に続きつつ、峰太郎は胸の内でつぶやいた。

八郎は新之助にとって無二《むに》の配下。

個人的にも好もしいと思える青年である。

万が一のことがあれば新之助は生涯、悔いることになるだろう。

抜け荷一味の探索に巻き込んだのは、他ならぬ新之助だからだ。

そんな苦い想いを、我が子にさせたくはない。

何としても身柄を取り返し、共に生きて江戸に帰るのだ。

そのためには、若い二人の力が必要だ。

(しっかり頼むぜ)

前を行く小次郎と虎麻呂を交互に見やり、心の中で発破《はっぱ》をかける峰太郎であった。

六

港での騒ぎが収まった、ちょうどその頃。

「虎のあほ、またろくでもない話をしよったな……」

秋乃は赤くなった鼻をこすり、弟に毒づいていた。

敷き伸べられた床の上、腹這いになった秋乃は襦袢《じゆばん》一枚の姿。

古びた座敷に余人の姿は見当たらない。

新之助にねだって取ってもらった、港町の宿の一室であった。

江戸を離れて、早くも半月。

行き先が京の都であれば到着している頃だが、北の果ての地はまだ遠い。

未だ新婚気分の覚めやらぬ秋乃にとっては、耐え難い日々の連続だった。

夫婦水入らずの旅というのに、新之助は指一本触れてこない。

八郎を救出することで頭が一杯で、他のことなど考えられずにいるのは、もちろん秋乃も分かっている。

しかし、秋乃も覚悟を決めているのは同じなのだ。

行く先が修羅場《しゅらば》となることは、もとより承知の上だった。

新之助、あるいは秋乃自身が命を落とすことも有り得ぬとは限らない。なればこそ江戸で帰りを待っていられず、秘かに出立しようとした新之助に付いてきたのだ。

今のうちに一度でも多く、夫と肌を合わせておきたい。愛されたい。

妻として当然の感情を、新之助は待っていても汲み取ってくれずにいた。

故に恥を忍んで無理を言い、宿を取らせたのである。

まだ鼻がむずむずする。

一体、虎麻呂はどこまで姉をくさせば気が済むのか。

「もう！　今度会ったら承知せえへんで」

声を荒らげ、秋乃は枕元の懐紙に手を伸ばす。

「あ……相すまぬ」

頭上から、戸惑った声が聞こえてきた。

「だ、旦那さま？」

咄嗟《とっさ》に秋乃が両の手を広げたのは、赤っ鼻を隠そうとしてのこと。

その手首を新之助はそっと摑み、押し広げる。

「左様に怒らんでくれ……実を申さば、ずっと辛抱しておったのだ」

日課の稽古では受け身一辺倒の新之助も、床の中ではいつも真逆。

その点は秋乃も同じだったが、今日ばかりは違った。

「それはわらわの言うことですわ！」

告げると同時に抱きつく膂力《りょりょく》は、新之助が目を回すほど強かった。

第八章　夢見た果ての地で

一

八郎の旅は順調であった。

絶えず波に揺れるのに慣れ、もはや船酔いすることもない。

百蔵の船での日常はことごとく、無駄を省いたものだった。

たとえば食事は日に二回。目を瞠《みは》るほど大きな握り飯に味噌を塗り付け、竹の皮に包んで、朝夕に供される。

もとより膳など用いることなく、一所にまとめて置かれたのを手が空いた者から順に取っていく。

汁が欲しい者は船内の炉端に重ね置かれた椀に握り飯を放り込み、椀ともども用意

された削り節を刻み葱と共に投じて湯を注いだのを箸も使わず、立ったまま啜り込んで仕事に戻るのが常であった。

行儀も何も有りはしないが、これなら食べるのも片付けるのも手間が省ける。

最初は驚くばかりだった八郎も、今は平気で皆に交じって食事を済ませ、百蔵から頼まれる作業に取り組む一方、炊事の手伝いも進んでこなしていた。

「後は頼むぞ、ルイベ」

竹の皮を揃えて置いた八郎は、傍らの少女に断りを入れて立ち上がる。

無言で頷く少女はまだ十二、三歳といったところ。

その装いは、織りも独特な裾短《すそみじか》の着物である。

アツシと呼ばれる布を用いた、アイヌの装束だ。

頭にも同じ織りの布を巻き、黒い髪を覆っていた。

丸顔で、赤みを帯びた頰が福々しい。

若いだけに冷え性とは無縁であるらしく、近くに居るとほかほかする。

ルイベとはアイヌの言葉で凍らせるという意味らしい。もとより氷室《ひむろ》も無用の蝦夷地では鮭《さけ》を凍らせて保存しておき、程よく溶かして食すると聞いた覚えがある。

(何とも似付かわしくない名を付けたものだな……)

胸の内でつぶやきながら、八郎は船中を移動していく。

百蔵は仕切りを設けた専用の場所で、常の如く帳面を揃えて待っていた。

これらの帳面は、取り引きの相手ごとにまとめた帳簿。

もとより取り引きは金と現物を交換するだけであり、いちいち受け取りを書くわけでもなかったが、百蔵はこまめに記録を取っていたのだ。

「おう、来てくれたか」

「待たせたね、兄《あに》さん」

「いいってこった。船暮らしにも慣れてくれたようで何よりだ」

白い歯を見せて百蔵は微笑《ほほえ》む。

もとより房楊枝《ふさようじ》で磨くどころかうがいをするのもままならぬ環境だが、江戸っ子の自慢である歯の白さは今も変わっていなかった。

「早速だが頼むぜ」

「分かった」

百蔵が差し出す算盤《そろばん》を受け取った八郎は、慣れた手つきで弾《はじ》き始めた。

足し上げては筆を執り、すべての取り引き相手を一覧表にまとめていく。

八郎の計算は百蔵から教えられた、仕入れ値の単価の相場に基づいていた。

　こうして一覧表にしておけば、自分たちばかりが得をする売り値を突き付けてくる相手が一目瞭然《いちもくりょうぜん》。相場との差額を突き付け、値切ることもしやすくなる。

「相変わらず速いな……いや、更に腕を上げたか」

　感心する百蔵の傍らには、異国の貨幣が麻袋に詰めて蓄えられている。日の本の品々を相手に売りつけ、受け取った代金だ。

　その金額を検《あらた》めることも、百蔵は八郎に任せていた。

　ポンドやルーブルといった貨幣の単位にこそ馴染みがない八郎だが、価値があるのが金貨や銀貨なのは日の本と同じで、刻印があるのも同様であった。持っただけでも含まれる金銀の量が鋳造《ちゅうぞう》された時代によって異なり、幕府が金座に命じて再三行わせてきた貨幣改鋳と似たようなことが、異国にもあるのではと察しが付く。

「このスナイプなる男、ずいぶんと金払いが良いですね」

「こいつが前に話した、例の取り引きの相手だよ」

　八郎がまとめたばかりの一覧表を指し示すのに、百蔵は笑顔で答える。

「スナイプってのは、エゲレスの言葉で狙い撃つことを言うそうだ。名前のとおり大した銃の手練《てだれ》だって、この身で思い知ったよ」

「油断のならぬ者なのでしょう？」

「安心しな。こっちも気前のいいとこを見せて、今じゃ五分と五分の付き合いだ」

百蔵曰く、スナイプなる抜け荷商人とは津軽《つがる》の海峡を越えた先、箱館の根城で合流することになっているという。

「こうして抜け荷の売り買いをするのも付き合いのひとつでな、俺が先を行ったことも今じゃ納得しているよ」

「信用しても大事ありませぬのか」

「そんなに心配するなって。欲得ずくなのは向こうも同じだ。一緒に掘り当てた黄金の分け前を弾んで損をさせなきゃ、裏切ることはあるめぇよ」

「ならば良いのですが……」

「餅は餅屋っていうだろう。取り引きのことはこっちに任せて、お前さんは蝦夷地を拝むのを楽しみにしてなよ」

「分かりました。兄さん、どうぞ」

「おう、ご苦労さん」

百蔵は受け取った一覧表を畳んで油紙に包み、大事そうに懐にしまい込んだ。

「おかげさんで助かるぜ、八」

「お役に立てて嬉しいよ、兄さん」

そんな言葉が素直に出るほど、八郎は一味に馴染んでいた。

しかし、完全に罪悪感が失せたわけではなかった。

床に就くたび、評定所の仲間たちの顔が思い出される。

とりわけ新之助に対しては申し訳なく、小次郎と虎麻呂を裏切ってしまったことも慚愧《ざんき》の念が耐えなかった。

しかし、もはや八郎は戻れぬ身。

ならばすべてを割り切って、前向きになるべきだ。

新天地に到着する日は確実に近付きつつある。

そのときは答えを出さねばと、八郎は心に決めていた。

二

津軽の海峡を越えるのは幾度繰り返しても、確実となるわけではないらしい。

「こればっかりは俺も請け合えねぇ。もしものときは勘弁してくんな」

百蔵からあらかじめ聞かされてはいたものの、半端なく身に堪えた。

これまでとは比較にならない揺れに苛《さいな》まれ、幾度となく嘔吐を繰り返すうちに、胃

の腑からは酸っぱい水しか出なくなった。

もはや、炊事を手伝うどころではない。

ルイべは独り、黙々と役目をこなしている。

一味の面々は激しい風と波を相手に戦いながらも、交代で船中に戻ってきては握り飯を頬張っていく。

「いいかお前ら、気ぃ抜いたらお陀仏《だぶつ》だぞ！」

百蔵も先頭に立って、配下を鼓舞《こぶ》していた。

その声に安堵の念を覚えつつも、八郎は動けない。

そんな八郎にルイべはこまめに水を飲ませ、温《あたた》かい手のひらで背中をさすって介抱する労を惜しまなかった。

「か、かたじけない」

「きにしなくていい。いつものおかえし」

片言で答える声は、ぶっきらぼうながらも可愛い響き。

その気遣いと声とに励まされ、八郎は激しい揺れに耐え続けた。

八郎がようやく立ち歩けるようになったとき、船は海峡を越えていた。

「凄い……」

船縁にすがりついた八郎は、行く手の光景に唖然とするばかり。

折しも夜が明け、朝日の降り注ぐ下には見渡す限りの松林。

遅い春の訪れで雪は解け、辺り一面に豊かな緑が広がっている。

そこに百蔵が姿を見せた。

「兄さん……」

「どうだ八、生きてるってのはそれだけで儲けもんだろ」

「は、はい」

「どうしたどうした、鳩が豆鉄砲ってやつか」

弟分の肩を叩き、百蔵は得意顔。

「見てみなよ。あれだけ松がありゃ、どえらい量の炭が焼けるぜ」

「使い途は炭だけではありませんよ。寒風を受けて育った良質の松材は、大層な値で売れますし、端材《はざい》は薪《まき》にもなりましょう。異国船との商いにも申し分なきことかと」

「さすがだなぁ。もう算盤を弾いてくれてたのかい？」

八郎は黙って頷いた。

「スナイプが言うことにゃ、水も売り物になるそうだ」

「水が、ですか？」

「水道《すいと》の余り水を深川に売りに行くのとは訳が違うぜ。船に飲み水が欠かせねぇのはもちろんだが、異国で造られ始めてる蒸気船ってやつは、動かすのに大量の水が要るらしいからな。雪解け水にゃ濁りもねぇし、もちろん飲むにも上等さね」

「汲み出す算段をいたさば、大した儲けになると……」

「いつかはそういう時代も来るだろうさ。まずは黄金を首尾よく掘り出すことを考えようや」

「はい」

八郎は力強く頷いた。

たしかに、蝦夷地は巨万の富を秘めている。

豊富な漁場を有するだけではなく、大地は天然自然の宝庫。

開拓が進めば、どれほど儲けが出るのか分からぬほどだ。

しかし、幕閣のお歴々はその値打ちが理解できていない。

寛政の遺老と呼ばれる現職の老中たちはもちろんのこと、彼らを育成した松平越中守定信も、不明であったと見なさざるを得ないだろう。

田沼時代の政策が一部だけでも受け継がれていれば、蝦夷地はもっと活《い》きたはず。

この地で暮らすアイヌたちも反乱を起こすほど、追い詰められはしなかったのではないだろうか――。

「ルイベを拾ったのは、ちょうどあの辺りだったな」

黙り込んだままでいた八郎に、百蔵が告げてきた。

「拾うたのですか」

「そうだなぁ」

八郎に問い返され、百蔵は頭を掻く。

「自慢するみてぇなんで言うつもりはなかったんだが、正しく言えば助けたんだよ」

「助けた？」

「お前さんも知ってのとおり、松前の連中はアイヌの男を遠慮なしにこき使い、女は慰みもんにしてやがる。ルイベは年端もいかねぇのに目を付けられ、無体を仕掛けた野郎に斬り付けたんだよ」

「あの娘が、左様な真似を」

「いつも腰に差してるやつがあるだろ。あれはマキリっていう両刃の匕首《あいくち》でな、よく切れるのだぜ」

「操《みさお》を護るため、あの一振りで大の男に立ち向こうたと……」

「見上げた心意気だろ」

百蔵は懐かしそうに微笑んだ。

「俺が小舟を寄せたときにゃ手傷を負わせたさむれぇに追いつめられて、今にも斬られそうになっていたんだ。俺が初めて叩っ斬ったのは、その糞《くそ》ざむれぇだったよ」

「……やむなきことでしょう」

「もちろん後悔なんぞしちゃいねぇよ。これからも筋の通らん奴は容赦しねぇさ」

「……私のことも、ですか？」

「馬鹿を言うない」

八郎の問いかけを、百蔵は一笑に付した。

それでも一言、付け加えるのは忘れない。

「ま、裏切ったときは別だがな」

「二度まではいたしません」

八郎は即座に答えていた。

「一度目ってのは、俺を探らせた奴らと手を切ったことかい」

百蔵が問い返す。

「評定所の方々も、ですよ」

答える八郎は沈痛な面持ち。

しかし百蔵は構わない。

「そんな連中のことは忘れちまいな」

「兄さん……」

「だってそうだろ。お前にとって、何の助けにもなっちゃいなかったんだから」

八郎の顔が強張った。

いかに百蔵とはいえ訳知り顔で、そこまで言われたくはない。

「おいおい、そんなにむきになるなって」

食ってかかろうとした刹那、八郎は微笑んだ。

「俺たちのことを探ってたときのお前さん、何とも嫌な目をしていたぜ」

「嫌な目、ですって？」

「譬《たと》えるんなら、獲物を追う犬みたいな目よ」

「犬……ですか」

いつの間に見られていたのか。

「気を悪くしなさんな」

百蔵は邪気のない笑顔で言った。

「俺も昔は、ああいう目をしていたんだ。蝦夷地に逃れて闇雲に、荒稼ぎをしていた頃のこったがな」

「……」

「あの頃はずいぶん殺したよ。獣も食いきれねぇほど撃っちまってた。その後は鏡を見るたび、ぶち壊したくなったもんだ」

「兄さん……」

「お前にああいう目は似合わねぇし、元の暮らしにも戻っちゃならねぇ」

百蔵の言葉に、こちらを利用したい気持ちは感じられない。気付かぬうちに危うくなりかけていた八郎のことを、心から案じてくれているのだ。

「兄さん」

「おっ、スナイプの船だ」

八郎が謝意を述べかけたとき、百蔵が横を向いた。

一隻の異国船が帆を畳み、錨《いかり》を下ろしている。

周りでは海豚《いるか》が呑気に跳ねていた。

江戸湾でも仲間のすなめりが生息しており、吉原通いの猪牙に乗っていても大川を遡上してくるのを目にすることができたものだが、口の長い海豚を八郎が知ったのは

こたびの船旅が初めてだった。

微笑ましい光景に、八郎は思わず笑みを誘われる。

その視線の先で、一頭の海豚が血煙を上げた。

撃ったのは、異国船から身を乗り出した大男。

七尺近い巨軀の袖を捲《まく》り、毛むくじゃらの右腕をむき出しにしている。

左腕は失われており、陽光に煌《きら》めく鋼《はがね》の義手を着けていた。

その義手の先で器用に台座を支え、撃ち放つ銃はフリントロック式。日の本に伝来した種子島《たねがしま》こと火縄銃より後に開発された、燧石《ひうちいし》で点火する形式のものだ。

後ろに控えた配下と思《おぼ》しき小男が、替えの銃を差し出した。

振り向くことなく受け取ると、大男は迷わず撃ち放つ。

替えの銃を次々渡す、配下たちの列は途切れない。

瞬く間に海豚たちは撃ち尽くされ、周りの海が朱《あけ》に染まる。

船上に引き揚げる様子はなかった。

食糧にするつもりもないままに、ただ撃ち殺したのだ。

「嫌なもんを見ちまったなぁ」

百蔵は嫌そうに目を背けた。

「スナイプの野郎、懲りずにあんなことで気晴らしをしてやがる。俺より大きな図体をしていても、男としてはまだまだらしいや」

「……」

「行こうぜ、八」

首を振り振り、百蔵は船内に戻っていった。

後に続くこともできず、八郎は立ち尽くしている。

凄惨な光景を前にして、足がすくんだままでいた。

三

百蔵の一行は沖で小舟に乗り換え、箱館の港に入った。

スナイプと配下たちは人目を避けて上陸し、後から落ち合うとのことである。

松前の役人衆は、江戸の船番よりも監視が緩《ゆる》い。

「おお、戻られたか百蔵どの」

「新しいお仲間か？　せいぜい稼いでくだされい」

かねてより鼻薬《はなぐすり》を嗅がせてもらっている百蔵とその仲間に対しては、お咎めなし

であるばかりか、お愛想まで言ってくる有様だった。

午前の港は爽やかだが、八郎の気分は優れない。

「見たかい。さむれぇなんざ一皮剝けば、ああいうもんさね」

「左様にございますな」

気まずそうに答える八郎は、今も大小の二刀を帯びている。

船から降りるとき、百蔵が返して寄越したのだ。もはや裏切ることはないと信じてくれればこそなのだろうが、重く感じられるばかりであった。

「おいおい、お前のことは言ってねぇよ」

「分かっております……」

そう百蔵に答えながらも自己嫌悪の念は拭えない。

二振りとも、目の前の海に捨ててしまいたい。

百蔵に付いていく決意と共に、そんな想いを抱かずにはいられなかった。

後に函館と名を改められる一帯は、当時から地の利に恵まれていた。

港に面した海は、穏やかに凪《な》いでいる。

後方にそびえたつ山こそ高いが、やがて五稜郭《ごりょうかく》が築かれる辺りも含めて、なだら

かな平地が広がっている。

百蔵は、その箱館山の裾野に根城を構えていた。

茂十郎に出させた元手で仕入れた抜け荷を売り捌き、荒稼ぎした金で建てたという屋敷は小体《こてい》ながら、頑丈な造りだった。

「兄さん、これは？」

「オロシャで買い付けたんだ。種子島よりも、ぐんと遠くまで届くのだぜ」

「それほどのものが、こんなに……」

中庭の土蔵に山と揃えられた新式銃を前にして、八郎は驚きを隠せない。

「その気になれば松前の連中どころか、御公儀と一戦交えることもできるだろうな」

「そんな、滅相もないことを」

「いざとなったらってだけの話だよ。それまでは上手くやるさ」

百蔵は明るく笑って土蔵を出る。

戸格子の隙間から、スナイプ一行が到着したのが見えたのだ。

合流した上は金脈があるという、奥地の山を目指して出立することとなる。

その前に中食《ちゆうじき》を兼ねた宴を催そうと、百蔵はルイベに支度をさせていた。

「もう味噌握りは出ねぇから安心しな」

「左様に願いたいな」

百蔵の冗談に八郎は苦笑い。

これから先はすべてを吹っ切り、前のみを見て歩く所存であった。


座敷には西日が射していた。

いつの間にか、夕方に近くなっていたらしい。

「ううっ……」

目を覚ました八郎は、頭を振って立ち上がる。

妙に頭が痛かった。

のみならず、手足に痺《しび》れがある。

スナイプが土産《みやげ》と称して振る舞ったのは、ワインなる異国の葡萄酒《ぶどうしゅ》。強さは日の本の酒と同じ程度であり、八郎は大して口にはしていなかった。

「兄さんは大事ないか？」

まず八郎が案じたのはスナイプに貫録を示さんと、誰より量を過ごした百蔵。

他の仲間も、かなり呑んでいたはずだ。

それにしても、一体どこに行ったのだろうか。

見れば点々と、畳に赤黒い染みがある。

刀を提げて縁側に立った途端、一気に血臭が鼻を衝いた。

刺し殺された仲間たちが中庭に積み上げられている。

百蔵はスナイプに銃を突き付けられていた。

戯《たわむ》れに海豚を虐殺したものとは違う、二本の銃身を備えた短筒だ。

この時代はまだ、弾倉が回転式の拳銃も薬莢も開発されていない。連発銃といえば複数の銃身が束ねてあり、一発ずつ点火させるだけの代物《しろもの》であった。

それでも痺れ薬を仕込んだ酒を鯨飲《げいいん》し、身動きもままならぬ百蔵を脅しつけるには十分すぎる。

「こ、この野郎……」

悔しげに呻《うめ》くばかりの百蔵の懐から、スナイプは半分に裂かれた地図を奪う。

半分ずつ所持することで互いの裏切りを封じたはずの、金脈のありかが記された絵図面であった。

百蔵が一緒に隠し持っていた油紙の包みも、スナイプは奪い取る。

八郎がまとめた、抜け荷の取り引き用の一覧表だ。

ちらりと見やり、躊躇《ためら》いもなく破り捨てる。

高い鼻をふんと鳴らし、何の興味も示さなかった。

「か、返しやがれ……」

百蔵が呻いた瞬間、銃声が続けざまに轟く。

八郎は声にならない叫びを上げる。

息を潜めて物陰に隠れていたルイベが跳び出してこなければ抜刀し、そのままスナイプに斬りかかっていただろう。

「にげるの、はやく！」

小さな、しかし力強い手が八郎を引っ張る。

自分も撃たれると覚悟の上で助けようとしているのだ。

我に返った八郎はルイベの手を引き、だっと駆け出す。

背後からスナイプの怒号と共に、配下どもが乱射してくる。

足をすくませている暇はなかった。

四

「父上、あれは……」

先に立って山道を登りながら、小次郎が太い首を伸ばした。

峰太郎に虎麻呂を交えた三人は箱館の港に上陸して早々、茂十郎に教えられた百蔵の根城を目指していた。

「聞いたことがねぇのかい、銃声だよ」

「何ぞ爆《は》ぜたんと違いますの？」

峰太郎の答えに、殿《しんがり》を歩く虎麻呂が首を傾げる。

船に積んできた三尺余りの大太刀を軽々担ぎ、左の腰に太刀を佩《は》いた姿は、まさに武蔵坊弁慶《むさしぼうべんけい》を彷彿《ほうふつ》させるものであった。

「いくさ場みてぇに飛び交う弾の数が多いとこうなるんだよ。俺も話に聞いてただけだがな」

「八郎さんが危ないですわ。急がんと」

虎麻呂は大太刀を包んでいた筵を足許に捨て、拵《こしらえ》も武骨な姿を露わにする。

「分かってらぁな。ついてきな」

峰太郎は先頭に立ち、若い二人を引っ張っていく。

もとより銃の備えはない。

不意を衝いて囲みを斬り破り、救け出すより他になかった。

八郎はルイベを連れて土蔵に逃げ込んでいた。

追ってきたスナイプと配下どもは距離を置き、銃撃こそ盛んに仕掛けてくるものの突入まではしてこない。

「嬲《なぶ》り殺しにするつもりか……」

戸格子の向こうで嗜虐《しぎゃく》の笑みを浮かべる様を見て取り、八郎はつぶやいた。

こちらの備えは大小二振りの刀のみ。

山と積まれていた新式銃は根こそぎ持ち去られ、弾薬の樽も残っていない。せめて一樽でもあれば爆裂弾の代わりにし、囲みを破ることも可能であろうが、これでは手も足も出なかった。

「万事休す、だな」

力なく座り込んだ八郎の前に、がちゃりと火縄銃が投げ出された。

蔵の奥を漁《あさ》っていたルイベが見つけてきたのだ。

八郎は立ち上がり、少女と共に蔵を探し回った。

実際に撃ったことこそない八郎だが、おおよその仕組みは書物を通じて理解できている。反撃のきっかけが作れるならば、試す価値はあるだろう。

「……あったぞ！」

八郎が探し当てた二挺目の銃と一緒に火薬と弾丸も出てきたが、弾《たま》を装填するための道具であるカルカが見当たらない。

「いくさ場では息で吹き込んだそうだが、できるだろうか……」

戸惑いながらも意を決し、八郎は銃を取る。

そこに銃声が聞こえてきた。

先程までの楽しむ様子はなく、焦りを感じさせる。

銃声に交じって上がる悲鳴は、幾人かが斬られてのものらしい。

八郎とルイべは戸口に駆け戻る。

その途端、がらっと戸が開いた。

「八郎さん、無事か？」

「小次郎どの……」

「わても居りますえ！」

虎麻呂が後ろから身を乗り出す。

共に血脂《ちのり》を纏った刀身を引っ提げ、硝煙《しょうえん》の臭いを漂わせていた。

「おう、無事でいてくれたかい」

後に続いて現れた峰太郎が、八郎に笑顔で言った。

「ご隠居さま、それがしは……」

「話は後だ。連中を何とかしちまわねぇと、まとめてお陀仏だぜ」

「そうだよ、八郎さん」

「義兄上……新之助はんのためにも、みんなで生きて帰りまひょ」

「……心得ました」

口々に呼びかけた三人に、八郎は頷き返す。

「ご隠居さま、これを」

「おっ、種子島かい」

「二挺ございます」

「そうかい。つるべ撃ちには物足りねぇが、無いよりましだろう」

八郎が差し出したのを手にして、峰太郎は不敵に微笑む。

「で、もう一挺はどこなんだい？」

峰太郎に問われて八郎は振り返る。

いつの間にかルイベが銃を取り、据わった目で戸格子の向こうを睨んでいた。

「お前さん、そのままじゃ撃てねぇよ」

「みんなころした。ゆるせない」

峰太郎に言われても、少女は銃を手放さない。

「そうかそうか、許せねぇよな」

峰太郎は声を荒らげることなく、続けて語りかけていた。

「気持ちは分かるが、無茶はいけねぇ。こういうことは大人に任せな」

「だめ?」

「だめだ」

峰太郎は手を伸ばし、そっと銃を取り上げる。

「さ、あのお兄さんと一緒に隠れてな」

八郎のほうに少女を押しやり、戸格子に向き直る峰太郎の目は鋭い。

折しもスナイプたちは態勢を立て直し、銃撃を再開していた。

峰太郎は無言で火薬入れを取り、銃口から注ぎ入れる。

弾を一発落とし込んだ上で口を当てるや、ぷっと吹く。

次の瞬間、どっと銃声が響き渡る。

硝煙の漂う向こうでスナイプの配下が一人、額を撃ち抜かれて果てていた。

五

息詰まる銃撃戦は続いていた。

「まずいな、そろそろ弾切れだ」

峰太郎は舌打ちしながら、火薬を銃口に注ぎ込む。

唇が火ぶくれしているのは熱くなった銃口が冷めるのを待つ間を惜しみ、息を続けざまに吹き込んでいたせいだった。

「ご隠居さま……」

「いいから、お前さんはちびと奥に居な」

寄ってきた八郎をルイベと共に再び押しやり、峰太郎は替えの銃を取る。

小次郎と虎麻呂は表に立ち、じりじりと詰め寄る配下どもを相手取っていた。

「雑魚《ざこ》もこんだけ多いと難儀ですわ……」

ぼやく虎麻呂は弾丸にかすめられ、足の動きが鈍っていた。

おびき寄せて近間《ちかま》から一刀両断する大太刀の刀勢《とうせい》こそ凄まじいものの、隙を衝いて撃ってくるのに手を焼いている。

そのたびに小次郎が馬針を投じ、足止めしては斬り捨てていたが、こちらも馬針の残りが少なくなりつつあった。

「大丈夫かい、虎さん」

「大事ありまへん。ほんのかすり傷ですわ」

「その意気なら、まだいけるな」

硝煙まみれの童顔で微笑む虎麻呂を励まし、小次郎は眦《まなじき》を決する。

その目に敵の死角から忍び寄る、兄夫婦の姿が映る。

「兄上……」

「あ、姉上」

虎麻呂も声を上ずらせている。

江戸に居るはずの新之助と秋乃が駆け付けてくれるとは、思ってもいなかったのだ。

「間に合うたようですな、旦那さま」

「うむ……無理はいたすなよ」

「分かっとります」

その身を案じる新之助に頷き返し、秋乃は長巻を振りかざした。

先んじて跳び出したのを庇うように、新之助は刀身を閃かせる。

不意を衝かれながらも振り回す敵の洋剣を受け流しざま、返す刀で斬り倒す。

今や新之助は斬ることを躊躇《ためら》わない。

奇襲に気付いた敵が二人、三人と迫り来る。

慌てることなく相対し、受け流した反動で頭上に来た刀身を、手の内を締めて振り下ろす動きは、迅速にして確実だった。

秋乃の長巻の捌きも冴え渡っていた。

足首を斬り払い、倒れたところにずんと石突を叩き込む。

長柄を摑まれても動じることなく、遠心力を利かせて振りほどきざま、唐竹割《からたけわ》りにしてのける。

配下どもの数は見る間に減っていく。

その機を逃さず、小次郎と虎麻呂が加勢に入る。

「ここは私が！」

「頼むぜ、八郎さん」

「おおきにっ」

満を持して抜刀した八郎に峰太郎の援護を任せてのことだった。

その峰太郎はルイベを傍らにして護りつつ、最後の一発を撃ち放つ。
狙い違わず、弾丸はスナイプの手にした銃を跳ね飛ばしていた。
もはやスナイプは孤立無援。
土蔵を走り出た八郎が斬りかかった。
「おい、無茶するない」
戸格子越しに峰太郎が叫ぶ。
しかし、その声は届いていない。
「兄さんの仇、討たせてもらうぞ！」
鋭く告げつつ振りかぶった瞬間、八郎がもんどりうって倒れ込む。
スナイプが悪あがきで予備の連発銃を抜いたのだ。
「川崎さんっ」
小次郎が慌てて振り返った。
新之助と秋乃も動揺を隠せない。
いち早く駆け戻ったのは虎麻呂であった。
足から流れる血をものともせず、重い大太刀を捨てて太刀を抜く。
スナイプの双眸が恐怖に見開かれた。

青ざめた顔のまま、二発目の引き金を絞り込む。

左腕に命中した弾丸は、虎麻呂の肘《ひじ》から先を爆《は》ぜさせる。

しかし、動きは止まらない。

「で、ディアブロ……」

迫り来る血まみれの巨体を前にして、スナイプが呻いた。

生国のイスパニアで悪魔を意味する言葉だが、むろん虎麻呂は与《あずか》り知らない。それでも化け物扱いをされたことだけは伝わったらしかった。

「悪鬼はお前や。死なんでええもんまで殺しよって……」

息絶えた八郎を前にして、虎麻呂はじりじり間合いを詰めていく。

スナイプは恐怖の呻きを上げながら、這いつくばって逃げようとした。

「往生しい」

怒りの太刀が唸りを上げる。

どっと上がった血煙と共に、スナイプは首を刎《は》ね飛ばされていた。

第九章　御大将《おんたいしょう》なればこそ

一

その集落は箱館から数里離れた、山沿いの一角に在った。

コタンと呼ばれる、アイヌの暮らす村である。

重傷を負った虎麻呂を治療するため、ルイベが案内してくれたのだ。

同胞《どうほう》との関わりを避け、恩人とはいえ無頼の一味に身を置いていた少女に如何なる心境の変化があったのかは定かではない。

ともあれ言葉の分からぬ峰太郎らを村人たちに、そして村長《むらおさ》に取り次ぐ態度は堂々としたものであり、経緯を知った村長は一同を快く受け入れてくれた。

おかげで手当ては間に合ったものの、虎麻呂はまだ目を覚まさない。

戦いを終えた一同は、未だ休まることを許されずにいた。

「ったく、とんだ散財だったなぁ」

峰太郎がぼやきながらコタンに戻ってきた。

この集落に滞在して、今日で三日目。

今し方まで最寄りの番小屋に呼ばれ、常駐する松前の役人に事情を説明していたのである。もちろん本当のことは明かさず、弟子を連れての武者修行の旅で蝦夷まで足を延ばしたところ食い詰め浪人どもに出くわし、全員斬って捨てたものの弟子の一人が怪我を負った、という話をでっちあげたのだ。

尋問に当たった役人も最初こそ疑ったものの、柳生家の門下で鍛えた峰太郎の剣客らしい立ち居振る舞いと貫禄、そして何卒よしなにと握らせた小判に懐柔され、弟子の怪我が治り次第立ち去るということで、事なきを得たのだった。

「おかえり」

目ざとく峰太郎を見つけたルイベが駆け寄ってくる。

村人が用意してくれた替えのアツシを纏い、両手に水桶を提げている。川まで汲みに出た戻りらしい。

「おう、ご苦労さん」

峰太郎は明るく告げながら歩み寄り、重そうな水桶を代わりに持ってやった。

「どうだい、虎の様子は」

肩を並べて歩きつつ、峰太郎はルイベに問いかける。

「まだ、おきないよ……」

答える少女の顔は不安げだった。

「心配するない。あいつは叩き殺したって死なないさね」

「ころしても、しなない？」

「そう思えるぐらい強いってことだよ。目を覚ましたら思いきりぶっ叩いてやんな」

「わかった」

丸顔をほころばせ、ルイベは微笑む。

「それじゃな」

少女の肩をぽんと叩き、峰太郎は水桶を手渡した。

この水は山の麓で買い付け、虎麻呂をコタンまで運んだ馬のためのもの。

荷運びに使われる駄馬ながら足も胴も太く逞しく、巨軀の虎麻呂を乗せてもびくともしない。強靱なだけに気も荒かったが、乗せられたのが自分より強いと獣の本能で

察したのか、早々に大人しくなったものである。

馬の許《もと》へと急ぐルイべを見送り、峰太郎は一軒の小屋に入った。

一同にあてがわれた掘っ建て小屋の奥では、虎麻呂が昏々《こんこん》と眠っている。他の面々と同様に地べたに藁を敷いただけで横にさせては体が冷えてしまうため、村人が身の丈に合わせて拵えてくれた台の上に寝かされていた。

枕元には秋乃が付き添い、新之助と小次郎は所在なく傍らに立っている。峰太郎が番小屋に呼び出されたときと変わらぬ光景であった。

「帰ったぜ」

「お、お戻りにございましたのか、父上」

「何やってんだ。ちっとは落ち着きなよ」

慌てて向き直った新之助を、峰太郎は軽く叱り付ける。

一方の小次郎は、父親の戻りにまだ気付かぬ様子。

挨拶をさせようとした新之助を無言で押しとどめ、峰太郎は前に出た。

「義父上さま……」

峰太郎に向けられた秋乃の顔は青白い。

昏々と眠り続ける弟を案ずる余り、碌《ろく》に眠れずにいるのだ。周りとしては虎麻呂と

同様に心配だったが、幾ら勧めても床《とこ》に就こうとしない以上、当人の気が済むようにさせてやるしかあるまい。

傍らに腰を下ろした峰太郎は、眠り続ける虎麻呂をじっと見守る。

凶弾を受けた左腕はやむなく切断し、傷口には止血と消毒を兼ねた効果のある山蓬《よもぎ》の葉を当てた上から、包帯代わりの布がきつく巻かれていた。

治療に最善を尽くした後は、怪我人の気力と体力次第。目を覚ますのを黙して待つより他になかった。

「……こないしとると、虎がちっちゃい頃を思い出しますわ」

ぼそりと秋乃がつぶやいた。

「すぐに風邪やら腹痛《はらいた》で寝込んでしもて、母上の手を焼かせとりました」

「そういう子ほど丈夫に育つもんさね。小次郎も似たようなもんだったなぁ」

「旦那さまはどないなお子やったんですか」

「聞いて驚くかもしれねぇが、元服するまでやんちゃだったのだぜ」

「ほんまですか」

「ほんま、ほんまよ」

峰太郎は懐かしそうに微笑んだ。

「やんちゃといっても内弁慶で、春香と小次郎を相手に兄貴風を吹かせてただけなんだけどな。表じゃ年嵩《としかさ》の幼なじみはもちろん、年下のちびにも手を焼かされてたもんさね」

「まぁ……」

微笑ましい様を想像したのか、秋乃はくすりと笑った。

「名実共に兄貴らしくなったのは、柳生さまんとこに行かせてからよ。がきの頃から威張り散らすのに慣れていやがる御大身《ごたいしん》の倅どもに押されっぱなしだったのが、小次郎も通い始めたら同じ目に遭わされるって、小せえなりに腹を括《くく》ったんだなぁ。調子こいた相手の打ち込みを受けまくって音《ね》を上げさせる、あの手に磨きをかけるようになったのは、それからのことだったのさ」

「ほんなら旦那さまは、そんときから……」

峰太郎の思い出話に、秋乃は合点がいった様子で頷く。

新之助は何であれ、自分本位で振る舞うことをしない。

受けを重んじた戦い方は、その心情の現れなのだ。

太刀筋には、その者の本質が自ずと出る。

攻めに徹する者の剣が必ずしも強いとは限らぬし、相手の技をまず受ける新之助は

決して弱いわけではない。

新之助は護ることの大切さを知っている。

己自身だけではなく、家族も含めてのことだった。

始まりが弟のためだったというのは、秋乃も同じ。

改めて秋乃は新之助に共感を、そして愛情を抱かずにはいられない。

峰太郎は変わらぬ笑顔で語りかけてきた。

「ところでお前さん、新之助との仲はどうなんだい」

「それはもう、仲良うさせてもろとりますけど」

「俺が言ってんのは、閨《ねや》の中でのことだぜ」

「おおお、お戯《たわむ》れを」

「蝦夷までの道中は二人きりだったんだし、さぞ盛り上がったんだろ」

「そ、そないなことはあらしまへん」

秋乃の顔はたちまち真っ赤。

「あのー、父上。そのぐらいでご勘弁を」

傍らで照れ臭そうにしていた新之助も、おずおずながら止めに入る。

一方の小次郎は、にやにやしながら成り行きを見守っている。

峰太郎の戯れ言が一同の緊張をほぐすためのものだと、いち早く気が付いてのことだった。

と、その笑顔が驚きの表情に変わった。

「何ですのん、さっきからやかましなぁ……」

ぼやきながら目覚めた虎麻呂は、大儀そうに両目をしばたたかせた。目やには秋乃がこまめに手入れをしてくれていたものの、まだ満足には開かない。

「わて、いつの間に寝とったんやろ……」

「危ねぇ！」

怪訝そうにつぶやいて上体を起こそうとするのに。すかさず小次郎が走り寄る。

「わわわっ」

虎麻呂は上手《うま》く重心が取れないまま、右にのめった。

戦闘や事故で四肢を切除された患者に見られる、いわゆる幻肢《げんし》の状態である。己が左腕が失われたことに、まだ実感が伴わずにいるのだ。

「大丈夫かい、虎さん」

「小次郎はん……あれ？　ここ、どこですの」

「目が覚めたんならそれでいいさね。よく戻ってきてくれたなぁ」

「ああ……はい……ただいま」

精悍な顔をくしゃくしゃにした小次郎に、虎麻呂は戸惑いながらも答えていた。

「とらまろ！」

そこにルイベが駆け込んできた。

炊事の手伝いもそこそこに、戸口から中を覗いていたらしい。

「ばかばか！　ひとをこんなにしんぱいさせて!!」

脇目も振らず虎麻呂に抱き着くや、分厚い胸板をどんどん叩く。

「痛い！　痛いがな」

思わず虎麻呂は悲鳴を上げる。

「そいつぁ生きてる証しってやつだぜ」

ルイベをやんわり止めつつ、峰太郎は苦笑い。

励ますつもりの冗談を真《ま》に受けるとは、思ってもいなかったのだろう。

一同が喜びに包まれる中、秋乃は滂沱《ぼうだ》の涙を流している。

「旦那さま……」

「うむ」

肩を寄せてくるのを抱き留めた新之助も、安堵の笑みを浮かべていた。

二

九死に一生を得た数日後、虎麻呂は歩けるまでに回復した。

とはいえ、まだ無理はさせられない。

「お似合いだぜ虎さん。馬上の公達《きんだち》、黄金《こがね》の太刀を佩《は》き……ってやつだな」

「そない言わんといておくれやす。まだ本調子やおまへんよってに」

小次郎にからかわれて閉口気味の虎麻呂は、再び駄馬に乗せられていた。

村長にルイベを託し、コタンを離れた一行が向かったのは箱館山。戦いに斃《たお》れた者たちの亡骸がそのままになっているのを埋葬するためであった。

「死ねばみんな仏さね。恨みっこなしにしようや」

「分かっとります」

峰太郎の言葉に虎麻呂は頷いた。

足蹴にすることなくスナイプの首を拾い上げ、小次郎が掘ってくれた穴の底に、胴に続いて安置した。

もとより日の本では亡骸を火葬せず、土に埋めるのが習いである。故に旅先などで不慮の最期を遂げた者たちは没した地にて葬られ、遺骨ではなく遺品のみが家族の許に届けられるのだ。

新之助が躊躇したのは、八郎の扱いだった。

養子とはいえ一家の当主だった以上は、代々の墓所に埋葬すべきだろう。

しかし幾ら船足を速めても、亡骸を腐らせずに運ぶことは難しい。

「塩漬けにしてでも連れ帰るべきでしょうか……」

答えを求めながらも、新之助は複雑な面持ち。川崎家での八郎の扱いをかねてより承知していればこその煩悶だった。

対する峰太郎の答えは明快であった。

「止《や》めときな。あの家の墓じゃ成仏なんざできねぇだろうよ。形見も日本橋の実家のほうにこっそり届けてやるがいいさね」

「父上、されど……」

「幾ら死人に口なしでも、無理強いするのは殺生《せっしょう》だぜ。百蔵、いや、五十吉と一緒に埋めてやんな」

「……はい」

頷く峰太郎の視線の先では秋乃が櫛を用い、八郎の髪を調えてやっている。

血の気を失いながらも、八郎の死に顔は満足そうな面持ち。

少なくとも新之助には、そう見えた。

しかし、いつまでも感傷に浸ってはいられない。

一同は亡骸を回収しながら一体ずつ、その懐を検《あらた》めていく。

探していたのは、金脈の在りかを示すという絵図面。

当初の目的であった、百蔵が抜け荷で稼ぎ貯めた大金はすでに無い。

スナイプ配下の別動隊が箱館沖に停泊させていた船に運び去ったまま、外海に逃亡してしまったからだ。陸に残った大将と仲間が全滅したのを、いち早く察知した上のことなのだろう。

ルイベの話によると同様に留守番の者が残ったという、不知火一味の抜け荷船も沖から消え失せていた。

スナイプの裏切りに気付いて意趣返しに向かったのか、それとも我が身大事で尻に帆を掛けて逃げ出したのかは、定かではない。

いずれにしても抜け荷一味を捕え、その財産を没収して新たな台場の普請の費《つい》えに充《あ》てるという目論見は、水泡に帰してしまったのだ。

後の祭りとなった以上、埋め合わせをしなくては江戸には戻れまい。

しかし、どの亡骸を検《あらた》めても絵図面は出てこなかった。

本来ならば間違いなく、スナイプの懐に在るはずであった。

欲得ずくで従っていたであろう配下の連中にしても、あの修羅場で大将の懐を狙う余裕はなかっただろう。百蔵より先に皆殺しにされてしまったという不知火一味の面々に至っては、そもそも横取りすることすら考えてはいなかったはずだ。それでも一同はすべての亡骸の裾を捲り、下着の中まで調べずにはいられなかった。

「……潮風で飛ばされちまったな。この勢いじゃ仕方あるめぇ」

最後の一体を検め終え、峰太郎は静かに言った。

その言葉を裏付けるかの如く、強い風が白髪交じりの鬢《びん》をなぶっている。

傍らに立つ小次郎は、かける言葉を見出せない。

秋乃と虎麻呂も口を挟めずに、黙ってうつむくばかりである。

そんな中で新之助は独り、疑念を覚えずにはいられなかった。

峰太郎は金脈の絵図面のことを八郎から、土蔵の中で聞かされたという。

百蔵を騙し討ちにして宝を独占した上に、蝦夷の天然自然の恵みも我が物にしようと企んでいるスナイプが許せない。八郎は、そうも言っていたらしい。

それを承知の峰太郎ならば戦いを終えた後、真っ先に絵図面を探したはず。百蔵の財産とて比べれば行き掛けの駄賃にすぎない、遥かに高い価値のある金脈の在りかを示す絵図面を、どうして今の今まで放置したのか。

百蔵の根城は山の頂に近く、吹き付ける風が強い。放っておけばこの潮風が運び去り、海の藻屑《もくず》にしてくれると、見越していたのではあるまいか――。

「仕方あるめぇ」

峰太郎がふっと笑った。

「父上……」

「こいつぁ、天の采配ってやつだろうよ」

新之助が呼びかけるのに構わず、峰太郎は続けて言った。

「本当にあるのかどうか定かじゃねぇ、おたからの在りかが描かれてるっていわれるだけの紙切れ二枚で、これだけの数の死人が出たのだぜ。いざ突き止めて掘り出すとなりゃ、どんだけ醜い争いが起きるか分かったもんじゃありゃしねぇ。これで良かったんだよ。これでな」

「されど、それでは我が家が！」

堪らずに新之助は叫んでいた。

「御台場普請の費えを賄う越中守さまとの約定、何となされるご所存ですか！　父上と我ら兄弟がお国許に召し出されるのみならず、下手《へた》をいたさば結城家は断絶の憂き目を見るやも知れぬのですぞっ」

昂《たか》ぶる余り、新之助は涙を流していた。

評定所を支える、切れ者としての姿は今やどこにもない。

「旦那さま……」

初めて目の当《ま》たりにした夫の取り乱す姿に、秋乃は驚愕を隠せずにいる。

その驚きが、続く新之助の言葉で喜びに変わった。

「私は皆と離れとうはありませぬ。虎麻呂と……秋乃とも、です」

妻の名を最後にしたのは、せめてもの慎みなのか。

しかし、目は口ほどに物を言う。

秋乃に向けられた新之助の眼差しは熱い。

秋乃は視線を背けることなく、その眼差しを受け止める。

夫婦の日課である組太刀と立場が逆になっていた。

「皆、安心しな」

頃や良しと見た様子で、峰太郎は言った。

「越中守さまには俺がきっちり話を付ける。事の次第を早飛脚で知らせた上で、江戸に戻ったら御屋敷に出向くとするさ」

「得心していただけるのでしょうか……」

「おい、そいつぁ俺にも越中守さまにも失礼だぜ」

不安を否めずにつぶやく新之助を、峰太郎は軽く睨んだ。

「そもそも抜け荷の上前を刎ねようなんて、ふざけた話だろうが。そんな考えを恥と思わんほど越中守さまは愚かじゃねぇよ」

「ご、ご無礼をつかまつりました」

素直に詫びる新之助は、一転して安堵の面持ち。

定信に側近くで接している峰太郎がここまで言うからには、説き伏せる自信があるのだろう。

ならば余計な口など挟まず、江戸に戻るのを急ぐのみだ。

「帰りの船でもたらふく鮨を食わせてやるからな、楽しみにしてなよ」

一同に向かって告げると、峰太郎は先に立って歩き出す。

「おおきに」

真っ先に答える虎麻呂は大事そうに、スナイプの義手を抱えていた。

「どないするんや、そないなもん」

並んで歩きながら秋乃が怪訝そうに問いかける。

「具合が存外よろしゅうおますよって、使わせてもらお思いましてん」

「あほ。そんな腕してお江戸を歩けるわけがないやろ」

意気揚々と答える弟に、秋乃は呆れ顔。

「もちろん分かっとります。先々のためですがな」

変わらぬ笑顔で答えつつ、虎麻呂は眼下の風景を見渡す。

「ほんま、生きてるだけで儲けもんやわ」

「まったくだな」

明るい態度に釣られて小次郎も微笑む。

山を下った先の港では、今日も人々が忙しく働いていた。

「処変われど人は変わらず……だな」

「まことですね、兄上」

新之助と小次郎は笑みを交わす。

幕府が開かれたばかりの頃の江戸もかくやと思わせる、未開ながら活気に満ちた地であった。

三

峰太郎の頼んだ早飛脚が江戸に到着したのは、それから半月が過ぎた後の朝。

折しも鎮衛は役宅で身支度を調え、出仕する間際だった。

「結城からとな？　早う寄越せ」

取り次いだ内与力から差出人の名を聞くなり、鎮衛は命じる。

差し出す文を引ったくる顔は期待満々。

しかし広げたのに目を通すなり、皺だらけの顔が絶望に歪む。

鎮衛は読み終えるなり、がっくりと式台にへたり込んだ。

「殿？」

「な、何となされましたのか」

内与力たちが慌てて抱え起こしても、鎮衛の目はうつろ。

峰太郎らが不知火一味を全滅させても、目当ての隠し金が見つからなかったのでは元も子も有りはしない。家斉公は鎮衛に失望し、南町の名奉行として積み上げてきた評価も地に堕ちることだろう。一味の探索をさせていた配下の与力と同心はもちろん

のこと、子飼いの内与力衆にも今さら明かせぬ話だった。

「……儂もこれまでじゃ……」

鎮衛は式台にへたり込んだまま、うつろな目をしてつぶやくばかり。

「しっかりなされよ、肥前守さま」

そこに、力強く呼びかける声が聞こえた。

「左衛門尉どの……か」

鎮衛は慌てて座り直した。

声の主は目付の遠山左衛門尉景晋。

町奉行の鎮衛とは職分こそ違えど共に幕府の司法に携わる立場であり、評定所での合議においても、しばしば顔を合わせる仲である。

景晋も日々の勤めとして、登城せねばならぬ身なのは同じはず。何故に、朝一番で訪ねてきたのか。

「お手にしておられるのは、結城峰太郎より届きし文にございまするな」

「左様だが……」

「その文、それがしにも届き申した」

「まことか？」

「連れ去られし評定所書役について願い上げの儀が書かれておりますが、お目通しになられましたか」

「いや」

「火急のことにござれば、改めてお目通しくだされ」

「う、うむ」

急かされるがままに、鎮衛は文を読み直し始めた。

「次の一文にございまする」

目の動きを追いながら、景晋が促してくる。

鎮衛は声に出して読み上げた。

「……川崎八郎は先陣に立ち打物を振るう、まさに獅子奮迅《ししふんじん》の働きに及ぶも武運拙《つたな》く落命し、亡骸は当地にて手厚く葬りて候。ついては川崎が家名存続の儀、何卒よしなにお取り計らいの程、伏して願い上げ候……」

「我ら両名に請人《うけにん》を務めさせようということでございましょう」

「そういうことらしいの」

景晋に答える鎮衛の声は、憮然とした響き。

肝心のことが不首尾に終わったにもかかわらず、面倒な頼み事をされたとあっては

無理もあるまい。

「無下にはできませぬぞ、肥前守さま」

気乗りがしないと見て取ってか、景晋が告げてきた。

「これは峰太郎が一存のみに非ず、新之助が願いもあってのことと存じまする」

「新之助の？」

「落命せし川崎八郎は新之助付の書役として、重く用いられていたと聞き及んでおりまする故」

「左様か……新之助が、のう」

鎮衛は困った様子でつぶやいた。

峰太郎には幾度となく手を焼かされてきたものの、その倅たちには何ら含むところのない鎮衛である。とりわけ長男の新之助は、幼少の頃から生意気だった小次郎とは違って礼儀正しい上に利発であり、わが子がこれほど優秀ならばと思ったことも一度や二度ではなかった。

その新之助の願いとあっては、たしかに無下にはできかねる。

「……致し方あるまいの。取り急ぎ、ご老中にお伺いを立てるといたそう」

「それがしも同席させていただきまする」

鎮衛の決断を受けて、景晋が言った。

「されば肥前守さま、早々に登城いたしましょうぞ」

「うむ」

景晋と頷き合い、鎮衛は腰を上げる。

先程までとは一変し、名奉行と呼ばれるにふさわしい貫禄を取り戻していた。

「殿がご出仕じゃ。急ぎ支度せい！」

控えていた内与力が、供の者たちに号令を発する。

すぐさま乗物が式台に横付けされ、引き戸が開かれる。

一方の景晋は、門の外に待たせていた自分の乗物で待機していた。

鎮衛の一行より先に出立するのを避けたのは、役職に加えて年齢も上というだけのことではない。

峰太郎に面目を潰されたにもかかわらず景晋の説得に応じ、若い旗本の死を無駄にしないために動いてくれたことに対する、せめてもの敬意であった。

同じ知らせは、すでに定信の許にも届いていた。

読み終えた定信は、無言で目を閉じる。

「……誰《たれ》かある」

暫時《ざんじ》の後、家臣を呼んで命じたのは、柔術の稽古場の支度だった。

筒袖と下穿《したば》きに装いを改めた定信が、粛々《しゆくしゆく》と廊下を渡りゆく。

足を運んだ先は、日頃は剣術の稽古に用いる板の間。

広い板敷きの床一面に畳が敷き詰められていた。

上に座ってくつろぎ、布団を敷いて就寝するためのものではない。

掃除が行き届いていながらもけばの目立つ畳は、定信が柔術を稽古する際に用いる備えである。

定信は少年の頃から武士の表芸である弓馬刀槍の修練に勤しむ一方、柔術にも熱を入れてきた。

その業前《わざまえ》が齢を重ねても衰えを知らぬのは、文武の両道に秀でていた実の父——今は亡き、田安宗武《むねたけ》譲りの才あってのことだけではない。

如何なる達人も、鍛えることを怠れば技量は落ちる。

なればこそ定信は寸暇を惜しみ、老中首座と将軍補佐を務めた当時でさえ御用繁多の合間を縫って、稽古に勤しんできたのである。

しかし、その日の稽古ぶりは常軌を逸したものであった。

「あ、後を頼むぞ」

相手役の家臣は堪らず音《ね》を上げ、控えの朋輩に後を託す。

対する定信は汗を拭かせることもせず、稽古場に立ち続けていた。

「参ります！」

交代した家臣が定信に挑みかかるや、どっと畳に叩きつけられた。

もとより、一人として手加減などしていない。

全力で立ち向かっても、足許にも及ばぬのだ。

定信は掛け値なしの力量を、休むことなく発揮し続けた。

「次」

「次っ」

「次の者」

「早うせい」

渋面で言葉少なに命じるのはいつものことだが、その態度は鬼気迫るもの。

稽古は午後になっても続行された。

定信は休憩どころか中食も摂らず、湯冷ましを立ったまま口にしたのみ。家臣たち

もそれに倣《なら》い、ほとんど飲まず食わずで相手を務め続けた。

ようやく稽古が終《しま》いとなったのは、日が沈んだ後のこと。

「大儀」

ただ一言、労をねぎらった定信は、神棚に拝礼した上で踵を返す。

平伏して送り出す、家臣たちの下げた面は汗まみれ。

何巡したのか定かでないほど定信に揉まれに揉まれ、息も絶え絶えの有様だった。

四

一行が戻った日の江戸は雲ひとつない快晴だった。

青空の下に降り立った虎麻呂は、あれほどの重傷を負ったとは思えぬほどに精気が横溢《おういつ》していた。

「えっ？　品川宿に寄りまへんのか」

「馬鹿を申すな。秋乃も居るのだぞ」

「せやかて義兄上、もう辛抱たまりまへんねん」

「いい加減にしなって、虎さん」

「ほんまやで、どあほ」

新之助と小次郎に秋乃も交え、三人がかりで逸《はや》る虎麻呂を押さえつける。

「ったく、しょうがねぇなぁ……ま、後は頼むぜ」

「父上、何処《いずこ》へ？」

「なーに、ちょいとした野暮用さね」

目を離すと酒色に興じかねないほど元気になった虎麻呂を連れ帰る役目を新之助らに託し、峰太郎が独り向かった先は日本橋の通町。

折しも茂十郎は大坂屋の奥の私室に籠り、何やら地図を拡げていた。

「おや、ご隠居さま。ちょうど良いところにお戻りで……」

「何でぇ、そいつは」

「蝦夷地のみを大きく描かせたものです。ほら、箱館はこちらに」

「どれどれ……おっ、細かいとこまでよく調べてあるなぁ」

再会の挨拶も交わさぬまま、峰太郎は茂十郎と共に地図に見入った。

この調子だからこそ仕事も速いのだと、理解していればこそである。

茂十郎曰《いわ》く、蝦夷地周辺の海域を含めた地図を見ていたのは、新たに与《くみ》する運びとなった抜け荷一味との商いを企図してのことだという。

峰太郎が首尾よく片を付けて戻ると、確信してのことであった。

「こたびはご雑作をおかけいたしました。謹んで御礼申し上げまする」

地図を片付けた茂十郎は峰太郎を上座に着かせ、改めて労をねぎらった。

「なーに、そこはお互いさまってやつさね」

「恐れ入りまする」

「これでお前さんとは貸し借りなしだ。それで構わんな」

「もちろんにございます」

「不知火の百蔵一味は八郎が成敗したことにして、南のお奉行と御目付の遠山左衛門尉さまに届けを出しておいたよ。俺と倅どもは見届けただけって話にしときゃ、川崎の家は安堵されるからな」

「それは殊勝なお心がけ、手前も見習いとう存じまする」

「へっ、心にもないことを言うなってんだ」

「重ねて恐れ入りまする、ご隠居さま」

平然と答える茂十郎の態度は相変わらず。

抜かりのない保身ぶりも、変わってはいなかった。

「してご隠居さま。御台場の件は何となされまするのか」

「安心しな。仕上げは越中守さまに頼んであるさね」

「白河のお殿さま、にございますか？」

思わぬ答えに、さすがの茂十郎も驚きを隠せない。

「へっ、ようやく人間らしい顔になったじゃねぇか」

にやりと笑って、峰太郎は言葉を続けた。

「こいつぁ元々、上様と越中守さまの因縁があってのこった。手前で片を付けなさるのは当たり前だろ」

「それはそうでございましょうが、相手は上様でございましょう」

「それでも何とかするのが、御大将《おんたいしよう》の器量ってもんだろうぜ」

「御大将……にございまするか？」

「ここで終わっちまうようなお人に、俺は付いていくつもりはないさね」

「はぁ」

「男を張るってのは楽じゃねぇなぁ、大坂屋」

戸惑いを隠せぬ茂十郎に、峰太郎は静かに答える。己自身に言い聞かせているかのような口ぶりであった。

五

「やれやれ、ようやく戻ってきたな……」

神田川を前にして、小次郎は安堵の息を漏らした。

「小次郎はん、早うしなはれ！」

先に立って昌平橋を渡りゆく、虎麻呂の歩みは軽やか。

「無理したらあかんえ」

傍らを行く秋乃がはらはらするほどの急ぎ足であった。

まだ幾分ふらついてはいるものの、体の重心は取れている。帰りの船の中でも歩く稽古を怠らずにいた、努力の甲斐があってのことだろう。

「まったく、大した奴だぜ」

思わず感心しながら、小次郎は姉弟の後に続いた。

新之助の姿は見当たらない。

小次郎らに後を託し、向かった先は龍ノ口。

八郎の遺品となった大小の二刀と印籠《いんろう》を日本橋の実家へ届ける前に、評定所の面々

に事の次第を知らせるためであった。

六

「……左様であったか」

新之助の報告を聞き終えて、市兵衛は目を閉じた。

主だった留役衆も、同席してのことである。

市兵衛に続いて口を開いたのは軍次郎。

「斯様なことになるのであれば、あやつに渡しておくべきであったな」

切なげにつぶやく軍次郎は、新之助が謹んで返した御守を握り締めた。

「芦沢」

範五郎が言葉少なに注意する。

「相済まぬ……」

軍次郎は目を伏せた。

「相済まぬのはこちらにござる、芦沢どの」

新之助は軍次郎に向き直ると、恥じた面持ちでつぶやいた。

「川崎……いえ、八郎を死に至らしめたはそれがしの責。腹を切って詫びたところで追いつきますまい」

膝に置いた両の手がわずかに浮いている。

今にも帯前の脇差を抜きかねない様子だった。

「これ結城、滅多なことを申すでない」

「波野どの」

「おぬしが悪いなどと、誰も思うてはおらぬわ」

参吾が慌てて告げながら、新之助に躙《にじ》り寄る。

陸三と勘七も無言で膝を進め、さりげなく新之助の左右を固めた。

「波野が申すとおりだぞ、結城」

軍次郎が新之助と視線を合わせて語りかけた。

「たしかにきっかけはおぬしら父子やも知れぬが、それは我らの御用を助け、ひいては天下の御法を護り、悪しき輩を裁くためではないか？　これまでのおぬしらの働きを鑑《かんが》みても、咎めを受ける謂《いわ》れはなかろう」

「そのとおりぞ」

続いて範五郎が口を開いた。

「おぬしは分別も持たぬ子どもをそそのかしたわけではないのだ。何も気に病むには及ばぬ」

「山岡どの、されど……」

「亡き者を悼《いた》む気持ちは大事なれど、貶《おとし》めてはなるまいぞ」

「いえ、何も貶めようとは！」

「ならば八郎を信じてやれい」

範五郎は懇々と、新之助に説き聞かせた。

「あやつが悪の道に走った友と、如何なる存念で行動を共にしたのかは今となっては窺い知れぬ。したが、そこには当人同士にしか分からぬ絆があったはずだ」

「絆、にございまするか」

「俺はそう信じる。あやつは骨のある男だったからな」

「私も左様に思いますよ、結城さん」

勘七がおずおずと告げてきた。新之助が刺激されて自裁に及ぶのを警戒しながらも黙っていられなくなったらしい。

「八郎は役目こそ違えど私と同年に評定所勤めとなった身です。大店の若旦那あがりが何ほどのものかと軽んじておった昔の私を、今は殴りたい心持ちにございます」

「まことか津山？　ならば俺が」

「真《ま》に受けるでないわ、阿呆」

思わず拳を固めた参吾を、すかさず陸三が押しとどめる。

一方の新之助は、両の手で膝を固く握り締めている。

もはや脇差に手を伸ばすことなく、お調子者らしからぬ勘七の真摯《しんし》な言葉に、じっと耳を傾けていた。

「ご存じのとおり私は代々の留役でありながら御用が満足に務まらず、御組頭さまのお慈悲のおかげをもちまして御役御免とならずにおる有様です……なればこそ、和を以て貴しとなすことを第一に心がけ、八郎のことも頼りにして参りました。たしかに貴公付の書役ではございましたが、私にとっても大事な男だったのです」

「それがしも言わせてもらうぞ、結城」

続いて、陸三が告げてきた。

「八郎はおぬしのみならず我らにとって、まことに得難き配下であった。あやつを死に至らしめた責が己のみにあるなどと、思いあがったことを申すでない」

日頃は口にすることのない、短くも厳しい言葉である。

「相済みませぬ、津山どの、潮田どの」

新之助は改めて頭を下げる。

勘七と陸三だけではなく、居並ぶ一同への謝罪であった。

「結城、実家への報告をしかと頼むぞ」

市兵衛が静かな声で命じる。

開いた両の眼がわずかに潤んでいる。

人前で感情を露わにすることは、武士の恥とされている。

しかし、誰も市兵衛を笑いはしない。

「しかと心得ましてございまする」

謹んで答える新之助はもとより、他の面々も黙して一礼するのみだった。

七

八丁堀の白河十一万石の上屋敷では、峰太郎が定信と向き合っていた。

屋敷内にかねてより与えられていた下部屋にて、装いを改めた上でのことだった。

定信は常の如く、人払いをさせた奥の私室で待っていた。

「面を上げよ」

定信は例によって早々に、峰太郎と目を合わせた。

「長の船旅、大儀であったの」

いつもの渋面を崩すことなく、定信は峰太郎の労をねぎらった。

「恐れ入りやす」

頭を下げる峰太郎の装いは麻の白裃。

武士が自裁、すなわち罪償いで腹を切る際に用いる死に装束だ。

「そのほうの文には目を通した。一味の捕縛が不首尾に終わりしこと、遺憾なれども致し方あるまい。上様に対し奉りても、左様に申し上げるのみぞ」

淡々と述べる定信は、峰太郎がわざわざ着替えた理由を問わなかった。

代わりに問いかけたのは、文を通じて所望されたことだった。

「その上様と片を付けよとは、如何なる存念あってのことじゃ？」

「お読みいただいたとおりにございやす」

持ち前の伝法な口調で峰太郎は答えた。

「越中守さまから事の次第をそのままお聞きなすったところで、良きに計らえと仰せになられる上様じゃないことぐらい、御目見得の叶わねぇ俺にも分かりやす。ここは

腹を括りなすって、決着《けり》を付けなさるべきでござんしょう」

「そのほう、余に上様と喧嘩をせよと申すか」

「喧嘩じゃありやせん。言ってみりゃ躾《しつけ》でさ」

「躾とな」

「前にも申し上げたこってすが、越中守さまと上様は又従兄弟といっても親子ほど年が離れていなさる。若輩に道理を分からせるのは年長の務めでござんしょう」

「……主従の間柄は、長幼の序とは別物じゃ」

「だからって見逃してたら、いつまで経っても上様は我が儘勝手を続けなさるばかりですぜ？」

「………」

「ここらで歯止めを掛けなけりゃ、白河十一万石への無理難題は止まらねぇ。本当にこのままでよろしいんですかい」

黙り込んだ定信に、峰太郎はずばりと問う。

答える代わりに、定信は深々と息を吐いた。

「……相も変わらず、そのほうは耳が痛いことをはきと申すの」

「それで構わねぇってお許しを、あらかじめ頂戴しておりやすからね」

「ならば、その形《なり》は何としたのじゃ」

定信が怪訝そうに問うてきた。

「いつの間に持ち込んだのかは存ぜぬが、そのほうには必要なきはずぞ。まさか陰腹《かげばら》まで切ってはおるまいな」

定信は峰太郎の腹部に目を向けていた。

「もちろんでございやす」

峰太郎は苦笑交じりに言った。

「もしも俺が旗本じゃなかったら、初めて越中守さまに文句を付けさせていただいたときから、そうしなくちゃならなかったことでござんしょうよ」

陰腹とは家臣が主君に対して苦言を呈するなど分《ぶん》を越えた言動に及ぶ際、事前に腹を切っておくことを指す。さらしで血止めをして激痛に耐え抜き、目的を遂げた上で死を迎える、文字どおり決死の行動であるが、峰太郎の腹に血は滲んでいない。

その峰太郎が思わぬことを言い出したのは、定信が視線を上げたときだった。

「俺が腹を切らせてもらうのはこれからでさ」

「何……」

「こういうときに進んで首を差し出すのも、年長の務めってもんでござんすよ」

「待て、結城」

「結城の家と豚児どもを見逃していただくのに足りるとは思いやせんが、この皺っ腹《ぱら》ひとつでどうかご勘弁くだせぇやし」

変わらぬ伝法な口調で告げるなり、さっと峰太郎は肩衣を外す。

最初からこうするつもりで新之助らと別れ、定信の許へと足を運んだのだ。

すべては結城家を、旗本として存続させるため。己独りの命と引き換えに、家族を護らんとしての行動だった。

峰太郎の両手が走る。

定信は無言で腰を上げた。

間合いを詰めざま、峰太郎が帯前の脇差に伸ばした右手を掴む。

同時に身を寄せて左腕の動きも封じ、鞘を引いて抜き放つのを阻止していた。

「くっ……」

峰太郎は膝立ちの姿勢を保てず、畳に尻餅を搗《つ》かされた。

かつて江戸柳生の門下において鷹と呼ばれた、手練らしからぬ失態であった。

「余に後《おく》れを取るとは慢心したの」

峰太郎の身動きを封じたまま、定信は静かに言った。

「自惚《うぬぼ》れるでないぞ、結城。無礼な物言いこそ苦しゅうないと申したが、勝手に死に急ぐことまで差し許してはおらぬ」

「そこを曲げてお願いしやす。こうでもしねぇと越中守さまに申し訳が立たないじゃありやせんか」

「聞け」

抗《あらが》う峰太郎を黙らせ、定信は続けて説いた。

「そのほうがたった今、余に後れを取ったは慢心あってのことのみには非ず。余が文を受け取りし日より積んで参った、稽古が物を言うたのじゃ」

「お稽古……ですかい？」

「上様はあれで侮れぬお腕前じゃ。鈍った腕では片を付けるどころか、慮外者として御城中で成敗されてしまうだけだからの」

「越中守さま、それじゃ」

「もとより腹は括っておる。後は任せよ」

告げると同時に、定信は締め上げていた手を離す。

寄せていた身も同時に離し、峰太郎と改めて向き合った。

「余に申し訳が立たぬと申した言葉に、偽りはないか」

　定信に念を押され、峰太郎は黙って頷く。

「ならば是非に及ぶまい。余のため、いや、白河十一万石のために、そのほうの才を引き続き貸してもらうぞ」

「俺独りが仰せつかるだけでよろしいので？」

「人は故郷のために力を尽くすものだからの。倅どもは江戸、そのほうは白河の地において、それぞれ励むが道理であろうぞ」

「かっちけ……いえ、かたじけのう存じ上げやす」

「慣れぬ物言いはせずともよい。その図太さ故に長いであろう余生を捧げ、立教館で精勤してくれ」

「立教館って……俺なんぞに教授方をさせようってんですかい？」

「士分の子弟が相手では堅苦しいか。ならば敷教舎《ふきょうしゃ》でも構わぬぞ」

　戸惑う峰太郎に構うことなく、定信は言った。

　敷教舎とは立教館の創立から八年後、寛政十一年（一七九九）に白河の城下および領内の須賀川《すかがわ》に置かれた、農家と商家の子弟を対象とする学校のことである。城下の会津町二番地に設置され、十一歳以上の武家の男子全員に学問と武芸を教えた立教館には及ばぬものの、臣民それぞれに適切な教育を施さんと志した定信の理想に基づく

白河十一万石の正式な学問所だった。

「江戸表は何より金が足りぬが、国許は人手も足りておらぬのだ。いずれにせよ助教から始めてもらう。左様に心得置け」

「やれやれ……この歳で見習いをするのはともかく、ついに華のお江戸と別れなくっちゃならないってのは辛《つろ》うござんすねぇ」

峰太郎はぼやきながらも、両手を膝の上に戻す。

もはや切腹に及ぶ意思がないことを、言外に示したのだ。

「そのぐらいは辛抱せい。余は登城いたす故、そのほうは引き取るがよい」

渋面を崩すことなく言い渡し、定信は先に部屋から出ていった。

峰太郎を止めたときと同じく、迅速にして隙のない身のこなしであった。

家斉公は万事に気まぐれである。

子細に亘《わた》って定められた江戸城中での決まり事も、

『苦しゅうない』

の一言で覆《くつがえ》し、好きにするのが常だった。

その日の夜、深更にもかかわらず定信が登城したと知らせを受けながら目通りを許

したのも、そんな気まぐれのひとつでしかなかった。

「火急の御用向きにて推参つかまつり申した。お赦《ゆる》しくだされ」

家斉公の御前に膝を揃えて、定信は重々しく頭を下げた。

定信の所望により、宿直《とのい》の小姓たちも遠慮をさせられている。

「左様か。大儀」

言葉少なに労をねぎらい、家斉公は欠伸《あくび》をする。

白い寝間着姿のままで、羽織も着けてはいない。

定信の訪問に応じ、一度は渡った大奥から早々に引き揚げてきたのは、今宵の夜伽《よとぎ》に嫌気がさしたが故だった。

徳川宗家の血を絶やさぬ使命と心がけて幾星霜《いくせいそう》、もはや十分な数の子をなした。

将軍にとって一番の務めとはいえ、これ以上は多すぎる。

なまじ精気が横溢《おういつ》しているだけに、自重も必要。

たまさかには堅物の繰《く》り言《ごと》に耳を傾け、夜伽話の代わりにするのもいいだろう。

そんな軽い気持ちで、願いに応じただけにすぎなかった。

そして家斉公にはいま一つ、心中に期するところがあった。

抜け荷一味の追跡が不首尾に終わり、鐚《びた》一文も没収するに至らなかったことは南町奉行の根岸肥前守鎮衛から報告を受けている。

定信も鎮衛と同様、いや、それ以上に平身低頭し、詫びを入れるしかあるまい。

その様を想像するだけでも笑えてくる。

「苦しゅうない。面を上げよ」

自ずと頬が緩むのを堪えつつ、家斉公は命じた。

しかし、定信はいつもの渋面のままである。

常にも増して厳《いかめ》しい面持ちで膝を揃え、無言でこちらを見返していた。

「越前、近う」

家斉公は苛立ちを帯びた声。

「ははっ」

定信が膝を進めてきた。

次の瞬間、家斉公は大きくのけぞる。

定信の顔を見ただけで眠気が差し、自ら仰向《あおむ》けになったわけではない。

間合いを詰めると同時に跳びかかった、定信の仕業《しわざ》であった。

「お静かに」

左手のみで組み伏せた家斉公に告げる、定信の声は重々しい。

右手には灯火に煌《きら》めく、一振りの短刀が握られていた。

「かつて田沼主殿頭を誅せんとした折、懐にいたせし一口《ひとふり》にございまする」

「埒もない……そのほうの冗談、初めて聞いたわ」

応じる家斉公の声は震えていた。

自慢の膂力も、肩の関節を極《き》められていては発揮できない。

馬乗りになった定信は両の膝も駆使し、家斉公の動きを完全に封じていた。

「冗談ではございませぬ」

定信は淡々と続けて言った。

「あの折は望まぬ養子縁組を謀《はか》り、身共を将軍の座から遠ざけしことに激しただけにござったが、今は違いまする」

「ならば、何が望みじゃ」

「愚かな命《めい》を下されしことを省《かえり》み、詫びていただきたいが故にござる」

「だ、誰に詫びよと申すのだ」

「姓名までは申し上げませぬ。したが上様がお命じになられし抜け荷一味を追うたが故に若き有為の士が命を落とし、かねてより身共が目をかけておった者が片腕を失い

申した」

静かに告げながら、定信は右手を動かす。

ひやりと刃の冷たさを肌身に感じ、家斉公の顔が強張った。

「よ、余の腕を何とするのだ」

「ご安堵なされよ。その者の気持ちをわずかなりともお分かりいただきたく、思うただけにすぎませぬ」

「さ、左様か」

「その上で、お願いの儀がございます」

「な、何が望みじゃ」

「品川沖の御台場普請の儀、ゆめゆめ反故《ほご》にはなさいませぬな」

「何っ……」

「無い袖は振れぬとは言わせませぬぞ」

「ま、待て」

「如何に上様とて御意《ぎょい》のままとは思いませぬ。天下の安寧が保たれておれば、事を先送りになさるもよろしゅうござろう。したが今の日の本は予断を許さぬ有様。ここで御器量を示されずして何となされますのか」

「………」

「当家が仰せつかりし普請の儀は引き続き、任を全うさせていただきまする。その上で兵を配する防備の件も、意味あることと思うて為しましょう。それもすべては向後《こうご》のために、まことに日の本の護りに役立つ備えの先駆けとするためにござる」

「越中……」

「お答えや、如何に」

「あ……相分かった」

「まことにござるな」

「余は武家の棟梁ぞ。二言《にごん》はないわ」

答える家斉公の声は真剣だった。

定信を見返す目にも、もはや恐怖の色は見当たらない。

言上されたことを真摯に受け止め、実行させる気になったのだ。

「その御言葉、しかと承《うけたまわ》りましたぞ」

定信は告げると同時に、家斉公を締め上げていた手と膝を離す。

「御免」

次の瞬間には一礼し、風を巻いて去っていた。

翌年に隠居し、楽翁《らくおう》と号した定信は晩年に著した自伝において、老中だった頃の田沼意次を成敗すべく、短刀を懐に隠し持って登城したことがあると告白している。

しかし夜更けの江戸城中にて家斉公と秘かに対面し、その一口と、刃より鋭い言葉を以て諫《いさ》めたことは、どこにも記録されてはいない。

八

乗物が夜道を駆け抜けていく。

町人は夜更けの往来を制限されるが、武士は足止めをされることもない。

八丁堀の上屋敷に着くと、玄関先で何者かが待っていた。

「……結城か」

定信は式台に降り立つと人払いを命じた。

「お疲れさまにございやした」

「うむ」

「上様は、何と仰せで」

「川崎八郎を不憫と申され、虎麻呂にはできることなら腕一本、授けてやりたいとの仰せであった」

「左様でございやすか」

「こやつ、疑いおるか」

「まぁ、お言葉どおりに承っておきやすよ」

「相も変わらず小憎らしい物言いだの……」

「おかげさんで腹も括れました。改めて、お仕えさせていただきやす」

「いただきます、であろう」

「へい……いえ、はい」

「その伝法な物言い、急に改むるのは難しそうだの」

「面目次第もございやせ……ございません」

「苦しゅうない。徐々に直せば構わぬ故、左様に心得よ」

定信の言葉に、峰太郎は無言で礼をする。

謝意を込めた眼差しに、定信の渋面がほころんだ。

夜目にもはっきり分かるほど、明るい微笑みであった。

「結城、これを虎麻呂に渡してくれ」

定信は懐から一振りの短刀を取り出した。

「九曜《くよう》の紋所が入っておる。もとより葵《あおい》の御紋には遠く及ばぬ威光なれど、多少の役には立つだろう」

「よろしいんですかい、御家紋入りの大事なもんを」

「せめてもの気持ちじゃ。この腕をくれてやるわけには参らぬからの」

「……承知つかまつりました。謹んでお預かりいたしやす」

「頼むぞ」

短刀を押し戴いた峰太郎に、定信は続けて言った。

「新之助にも伝えてくれ。越前が済まぬと申しておったと、な」

「心得やした」

答える峰太郎は感無量。

定信の下にて働くことに、もはや迷いは感じなかった。

九

虎麻呂の回復ぶりは、その後も目覚ましいものだった。

「まだやるのかい、虎さん？」

「お願いしますわ、小次郎はん」

「やれやれ、前より元気になりやがって……」

せがむ虎麻呂に苦笑を返し、小次郎は構えを取り直す。

雷刀に構えた小次郎と相対する、虎麻呂の蟇肌竹刀は短い。定信から授けられ、今も帯前に差している短刀の刃長に等しく仕立てられた、特別誂えの一振りであった。

小次郎が無言で打ちかかった。

真剣勝負と同様に、いちいち気合いは発さない。

応じる虎麻呂も黙したまま、軽やかに前へ出る。左腕の傷口は纏った筒袖の袖口に隠されていた。

小次郎の上段からの打ち込みが空を裂く。

次の瞬間、小次郎は虎麻呂の切っ先を喉元に突き付けられていた。

虎麻呂は以前の如く強靱な足腰を恃《たの》みとし、間合いを詰めたわけではない。

その足捌きも活用しながら、変わったのは上体の遣い方。

右足から前に踏み出すと同時に半身となり、腰を正面に向けながらも上体を斜めにすることによって、一気に間合いを詰めたのだ。

「速いなぁ。うん、前より速い」

「それだけでっか、小次郎はん」

「いや、刀勢もぐんと増したぜ」

「そうでっしゃろ」

小次郎の言葉を受けて虎麻呂は破顔する。

努力の成果を褒められて、嬉しそうに微笑んでいた。

虎麻呂が失った左腕は、刀を振るう際の軸であった。

刃長が二尺を超える刀は、両手で柄《つか》を握って用いることが前提。蝦夷地での戦いに虎麻呂が持ち込んだ三尺超えの大太刀ともなれば尚のことだが、もはや用いることは叶わない。

その代わり、虎麻呂は新たな戦い方に開眼したのだ。

脇差でも二尺ぎりぎりのものは長脇差と称され、刀を所持することを許されぬ博徒が好んで用いる一方、武士も有事に際しては差し添えとする。柄《つか》も刀に匹敵する長さのため両手で握り、慣れた手の内を発揮できる。

しかし、今の虎麻呂にとって、長脇差は利点が薄い。

むしろ刃長が短いほど扱いやすく、体《たい》の捌きを妨げぬのだ。

「まるでお前さんの体の一部みたいだぜ」

小次郎が感心した声で告げる。

「そうなるように稽古しましたんや。もう一本、試させておくんなはれ」

自信を込めて虎麻呂が答える。

「しょうがねぇなぁ」

小次郎はぼやきながらも、笑顔で蟇肌竹刀を構え直す。

稽古に勤しむ二人の姿を、峰太郎が木戸門越しに見守っている。

「どっちも強くなったなぁ」

微笑みを浮かべつつ、峰太郎は頭を振る。

「あーあ、俺も年を取るはずさね……」

口ぶりとは裏腹に、それほど白髪は増えていない。

むしろ以前よりも若さを増し、還暦と思えぬ覇気を漂わせていた。

終章　さいなら八百八町

江戸が盛夏を迎えた頃に峰太郎は江戸を離れ、白河の地へ赴《おもむ》く運びとなった。

房総での台場の普請が終わるまで帰国を許されぬ定信の命《めい》を受け、白河城下の立教館で助教を務めることと相成ったのだ。

青葉茂るもみじの木々の下、誰よりも大泣きしたのは小次郎だった。

「何も今生《こんじょう》の別れってわけじゃねぇだろ。そんなに泣くんじゃねぇよ」

「さ、されど……」

「まったくしょうがねぇなぁ。免許皆伝にゃ十年、いや二十年は早かったんじゃねぇのかい？」

旅姿の峰太郎はぼやきながらも、大きな体ですがりついた次男坊を突き放そうとはせずにいる。

そして虎麻呂も峰太郎と同時に旅立ち、北の地へ再び赴くことを決意していた。

「どないですか姉上、似合いますやろ？」

「あほ、人さまん目に付いたらあかんやないの」

自慢げに着けて見せた戦利品の義手を、秋乃は慌てて袖で隠す。日の本の男としては並外れた体格が功を奏して、誂《あつら》えたかの如くだったのは不幸中の幸いといえよう。

「おぬし、まことに蝦夷地へ参るのか」

秋乃の隣から問いかける新之助は、不安を隠せぬ面持ち。

結城家の体面を慮《おもんぱか》るが故だけではなく、居候《いそうろう》ながら実の弟に等しく可愛がってきた若者の行く末を、心から案じているのだ。

「こん傷が塞がって、それが天命やないかって思えてきましてん」

「天命とな」

「東夷《あずまえびす》と京男がこんだけ仲良うなれましたんや。アイヌと和人が分かり合えんちゅうことはおまへんやろ」

明るく答える、虎麻呂の顔に気負いはない。

箱館の死闘を生き延びた結果なのか、その童顔は大人びたばかりか、風格さえ感じられるものとなりつつあった。

「お前さん、蝦夷地で商人を目指すそうだな」

小次郎を落ち着かせた峰太郎が、虎麻呂に問いかける。

「はい。松前の連中に食いもんにされてはる人たちに損をさせへん、真っ当な商いをしたいと思とります」

「言うは易いが行うは難しだぜ。大丈夫《でえじょうぶ》かい」

「心配せんとってください、義父上《ちちうえ》」

わが子を案じるかの如き峰太郎の眼差しに、虎麻呂は胸を張って見せた。

「当座はルイベのコタンで世話になりますよってに、何とかなりますやろ」

「何でぇ、また居候かい？」

「性に合《お》うとるみたいです」

明るく笑って、虎麻呂は言った。

「そない言うても、いつまでもお気楽に過ごすつもりはありまへん。あんじょう蝦夷地に根を張って、松前の色ボケどものせいで和人を鬼や思とるおなごはんらに、わての自慢の逸物で上書きしたらなあきまへんしね」

「どあほ、色ボケはお前はんや！」

邪気のない顔でうそぶく愚弟を、秋乃は思い切りどやしつける。

「痛いなぁ。病み上がりなんやから、ちいとは手加減しとくなはれ」

「こんくらい辛抱しい。これから先は、どついてもやれへんもん……」

頭をさする虎麻呂を前にして、秋乃は思わず涙ぐむ。

震える肩に新之助は手を伸ばし、そっと抱き寄せた。

「旦那さまぁ」

滂沱《ぼうだ》の涙を流す秋乃の腹は、以前より膨らんでいた。

懐妊したと分かり、岩田帯を締めたのはつい先頃のことだった。

日数《ひかず》を数えてみたところ、孕《はら》んだきっかけは北の地を目指し、夫婦で旅をしている最中のことだったらしい。二人にとっては喜ばしくも照れ臭い話であった。

「門出に涙は似合わぬぞ。さ、笑った笑った」

端整な顔をほころばせる新之助も、目尻には光るものがある。傍《かたわ》らで見守る春香とおつる、松三も貰い泣きをしていた。

「さーて、そろそろ行くとしようかい」

頃や良しと見て、峰太郎が声を上げた。

道中用の打裂《ぶっさき》羽織に染め抜かれた九曜紋は定信を当主に戴く、久松松平家の紋所。

峰太郎は隠居の立場を返上し、白河十一万石の家中の士として、新たに結城の姓を名乗る運びとなっていた。

「落ち着いたら知らせるから、いつでも遊びに来るんだぜ」

「必ず参りまする、父上」

「お、俺も！」

峰太郎の手を握って約束する春香に続き、小次郎もごつい手のひらを重ねてきた。

「あー、鬱陶《うっとう》しい。ほら、とっとと行こうぜ」

峰太郎は虎麻呂を促すと、先に木戸門を潜《くぐ》り出た。

徳利門番が勝手に門扉を閉めてくれる音も、これでしばしの聞き納め。

虎麻呂にとっては、これが最後になるかもしれなかった。

さすがの虎麻呂も、感傷を覚えたらしい。

名残《なごり》惜しげに振り返った目に、小次郎の顔が飛び込んできた。

「虎さん！」

太い腕を肩に廻し、ぎゅっと抱き締める。

こみ上げる感情のままにしながらも、傷口を気遣うことは忘れていない。

「いつでも帰って来いよ。ここはお前さんの家でもあるんだから」

「分かっとります。そんときはまた、岡場所にご一緒しましょな」

答える虎麻呂は照れ臭げ。

実の兄弟さながらに別れを惜しむ様子を、峰太郎は微笑《ほほえ》みながら見守っていた。

「達者でな、虎さん」

「さいなら、義父上」

峰太郎と虎麻呂が別れたのは、神田川を渡った先の船着き場。

虎麻呂はまず大川を横切って小名木川《おなぎがわ》から中川《なかがわ》に漕ぎ入り、新川《しんかわ》伝いに行徳河岸《ぎょうとくがし》へ向かうとのことだった。

行徳は関八州の水運の要である利根川《とねがわ》を経て奥州《おうしゅう》街道に繋がっており、陸路を併用することによって安全かつ確実に、北の大地を目指すことができる。

茂十郎にこれ以上の借りを作らず、遠回りでも確実な旅路を選んだのだ。

その心意気や、良しといえよう。

「面白て　やがて悲しき　京言葉……字余り、だな」

左袖を川風になびかせて去り行く虎麻呂を見送る、峰太郎の声は切なげ。

いつまでも感傷に浸ってはいられない。

「おかげさんで楽しかったぜ。さいなら、さいなら、さいなら」

誰にともなく笑顔で告げて、峰太郎は歩き出す。

それは後の歴史に名を遺すことなく、後進のために人知れず力を尽くした一人の男が青春に始まる人生の四季を過ごした、離れ難き地――華の大江戸八百八町に惜別の想いを込めて捧げた言葉であった。

〈完〉

時代小説

二見時代小説文庫

評定所留役《ひょうじょうしょとめやく》 秘録《ひろく》5 鷹《たか》は死《し》なず

著者　牧《まき》秀彦《ひでひこ》

発行所　株式会社 二見書房
東京都千代田区神田三崎町二-一八-一一
電話　〇三-三五一五-二三一一［営業］
〇三-三五一五-二三一三［編集］
振替　〇〇一七〇-四-二六三九

印刷　株式会社 堀内印刷所
製本　株式会社 村上製本所

落丁・乱丁本はお取り替えいたします。
定価は、カバーに表示してあります。

 ISBN978-4-576-20044-6
https://www.futami.co.jp/

倉阪鬼一郎

小料理のどか屋人情帖

シリーズ

以下続刊

剣を包丁に持ち替えた市井の料理人・時吉。
のどか屋の小料理が人々の心をほっこり温める。

① 人生の一椀
② 倖せの一膳
③ 結び豆腐
④ 手毬寿司
⑤ 雪花菜《きらず》飯《めし》
⑥ 面影汁
⑦ 命のたれ
⑧ 夢のれん
⑨ 味の船
⑩ 希望《のぞみ》粥《がゆ》
⑪ 心あかり
⑫ 江戸は負けず
⑬ ほっこり宿
⑭ 江戸前祝い膳
⑮ ここで生きる
⑯ 天保つむぎ糸
⑰ ほまれの指
⑱ 走れ、千吉
⑲ 京なさけ
⑳ きずな酒
㉑ あっぱれ街道
㉒ 江戸ねこ日和
㉓ 兄さんの味
㉔ 風は西から
㉕ 千吉の初恋
㉖ 親子の十手
㉗ 十五の花板
㉘ 風の二代目